Dans une autre vie, **Mary Matthews** était une rock star. Cette passionnée de musique, dévoreuse de séries et collectionneuse de sacs à mains partage sa vie avec son fils, son poisson rouge et un certain nombre de plantes vertes. Même si elle affirme avoir les pieds sur terre, elle avoue volontiers qu'écrire est un bon moyen de vider sa tête de tout ce qui l'encombre. Autrice de *With You* et *Hors-Jeu* à quatre mains avec Amélie C. Astier, elle publie aussi en auto édition avec notamment *Rédemption*, une saga Dark Romance.

De la même autrice :

Is it love ? Fallen road :
1. *Cendres*
2. *Scintillement*

En collaboration avec Amélie C. Astier :
*Hors Jeu*
*With You*

# Mary Matthews

# *Cendres*

Is it Love ? Fallen Road – tome 1

Milady

Milady est un label des éditions Bragelonne


Une œuvre 1492, sur une idée originale de Claire Zamora

ISBN : 978-2-8112-2748-7

Bragelonne – Milady
60-62, rue d'Hauteville – 75010 Paris

E-mail : info@milady.fr
Site Internet : www.milady.fr

# Chapitre Premier

J'ai toujours cette certitude qui vient me chatouiller lorsque je tombe sur quelque chose qui, même pour moi, semble complètement dingue. Je me dis que le pire est impossible. Pourtant, chaque fois, je suis contredite par le genre humain. Il dépasse toutes mes espérances. Quand tout semble aller trop loin, les humains trouvent le moyen de repousser les limites. Si personne n'était en danger, ce serait une faculté que je pourrais admirer. Or, généralement, il y a des vies en jeu.

Comme ce soir, alors qu'une trentaine d'ados se faufilent discrètement dans la grange d'une ferme abandonnée, à la sortie d'Everseed.

— Les imbéciles… je marmonne en reposant les jumelles sur le tableau de bord du pick-up.

Il faut être inconscient pour agir ainsi, ou vraiment stupide. Je descends, en espérant qu'ils sont au complet, que plus personne n'est invité à la petite fête qui va se terminer en bain de sang.

— Prête ? m'interroge Jeff en resserrant son holster.

J'acquiesce et récupère les armes sur la banquette. Je retire le cran de sécurité des pistolets, glisse les couteaux dans ma ceinture, puis nous partons. Nous progressons doucement, même si je suis certaine que les ados n'entendraient pas une fanfare arriver. Mais il n'y a pas qu'eux dans cette grange.

Nous parvenons à la porte. La musique à fond fait trembler les planches. Jeff récupère sa bombe de gaz. Je fais de même avant d'abaisser, sur mon visage, le masque qui nous protégera des émanations. Rien de méchant, juste de quoi endormir tout ce qu'il y a d'humain à l'intérieur.

Un coup d'œil à mon partenaire me suffit pour savoir quand on doit passer à l'action. J'enfonce la porte d'un coup de pied. Elle cède dans un craquement. Je balance les bombes de gaz. Des cris retentissent. Certains ados tentent de s'enfuir, mais le gaz agit trop rapidement pour qu'ils puissent franchir les portes. Après quelques secondes d'attente, nous entrons. La fumée qui s'évapore rapidement nous offre la vision d'un tas de gamins au sol. Certains gémissent dans leur sommeil forcé et d'autres tentent de s'agripper à nos jambes pour s'en sortir. J'aimerais leur dire de ne pas lutter, de laisser le sommeil les emporter, que c'est mieux pour eux, mais ma concentration est totale. Je traque le moindre mouvement, le moindre bruit qui indiquerait que quelqu'un tente de se carapater.

Il va falloir être rapide : les démons sont connus pour leur capacité à se mouvoir aussi furtivement que des vampires de séries pour ados.

Jeff prend à gauche. Une fois au centre de la grange, je pars vers la droite et je ne peux dissimuler un sourire lorsque, derrière Queen qui hurle, je perçois un souffle trop rapide.

J'en ai un.

Je me concentre quelques instants pour que mes facultés l'emportent sur la surprise, mais je n'ai pas besoin de le traquer : c'est lui qui se jette sur moi. La créature est impressionnante et franchement dégoûtante. Le démon saute de botte de foin en botte de foin. J'arrive à peine à suivre ses mouvements, jusqu'à ce qu'il atterrisse sur moi. Je ne lui laisse pas le temps de hurler. Mon flingue est coincé entre nos corps. Les balles partent se loger dans sa poitrine et un gémissement lui échappe avant qu'il s'effondre sur moi. Il termine en poussière, mais je n'ai pas le temps d'assister au spectacle. Je dois me grouiller, d'autres membres de la bande ont fait leur apparition, et si je perds ma concentration, je ne donne pas cher de ma tête dans quelques secondes. Je me relève, entourée par trois démons qui ont envie de faire de moi leur festin, en plus de leur vengeance pour avoir tué l'un des leurs. Le stress me gagne alors que je brandis deux couteaux. Les choses sérieuses vont commencer : ils sont trois, je suis seule avec mes aptitudes, certes tout à fait honorables, mais j'ai un foutu masque à gaz sur le nez et la musique me vrille les tympans.

Les démons forment un cercle et avancent avec prudence. Je connais assez ces créatures pour savoir qu'elles vont attaquer en même temps et si vite que je ne vais rien comprendre. Je me prépare à l'assaut. C'est tout ce que je peux faire dans l'immédiat : tenter d'anticiper l'impossible. Je dois éviter les morsures à tout prix. Elles pourraient être mortelles.

C'est la démone à ma droite qui perd patience en premier. Elle bondit en hurlant. Je réagis en un éclair et ma lame se plante dans son flanc, entraînant sa chute et la mienne. Les deux autres ne perdent pas de temps, mais je n'arrive pas à déloger mon couteau du corps de la première créature, qui n'a pas encore rendu son dernier souffle. Ils en profitent : l'un pour me faire face, l'air fou à quelques centimètres de mon visage, l'autre en s'énervant sur mon bras pour me faire lâcher mon arme. Il s'échine sur ma veste pour secouer mon membre, qui ne cède pas. Je tente un mouvement, mais le premier démon pose sa main squelettique sur ma poitrine pour me maintenir en place, geste accompagné d'un grognement menaçant. D'habitude, l'affrontement ne dure pas aussi longtemps : soit ils abandonnent, soit ils font en sorte que je rejoigne leur petite bande délurée. Ils ne réfléchissent pas plus, surtout qu'ils savent que Jeff est dans le coin, après le reste de leur équipe.

Dans ce genre de situation, j'évite de penser à lui, de me demander où il est et s'il s'en sort, sinon je perdrais mes moyens et je serais incapable de lui venir en aide s'il en avait besoin. Garder l'esprit clair et concentré sur l'objectif, c'est ce qu'il m'a toujours inculqué. Ce serait plus simple si mon compagnon d'armes n'était pas mon ami.

Le démon tente toujours de m'arracher mon couteau. J'en ai marre de jouer. Ma veste se déchire entre ses mains lorsque j'extirpe mon bras. Mon poing finit sur sa gueule et le sonne un instant. L'autre tente de s'en prendre à ma gorge, mais je ne lui en laisse pas le temps. Je plante la lame dans son cou. Du sang gicle et recouvre la visière de mon masque. Des gémissements et des gargouillis se font entendre par-dessus la musique, qui ne va décidément jamais s'arrêter, puis son corps redevient poussière. Je me redresse pour rejoindre son acolyte, qui reprend connaissance après le coup de poing que je lui ai asséné.

Je l'intercepte lors de sa tentative de charge et le couteau finit le travail.

Je reprends mon souffle. Combien sont-ils là-dedans ?

Je regarde autour de moi, à la recherche de Jeff, quand il surgit du noir, propulsé par le bras d'un démon bien plus costaud que les autres.

Le chef.

Mon ami se redresse en position de combat. Je le rejoins. Nous faisons face à une créature aussi intrigante que flippante. Un grand démon aux cheveux bruns, aux iris rouges et au visage déterminé. J'essaie de dégainer, ni vu ni connu, le dernier pistolet à ma ceinture, mais le démon n'est pas dupe. Il suit mon mouvement du regard, tout comme il repère Jeff, qui tente de se positionner sur son flanc. Je me demande lequel de nous deux il va attaquer en premier. On pourrait croire qu'il est fait. Or, avec sa vitesse, il peut très bien nous avoir tous les deux sans que j'aie le temps de dégainer. C'est ce que je tenterais à sa place : d'abord moi, parce que je suis la seule à avoir une arme à feu, puis Jeff, qui aura sûrement son couteau brandi, mais qu'il sera aisé d'éviter. Ce n'est pas ce qu'il décide, c'est même le contraire. Il se jette sur Jeff, qui finit au sol, à se débattre avec le démon. J'ai eu le temps de sortir mon arme et de la pointer dans sa direction, mais la lutte ne me permet pas de viser.

— Qu'est-ce que t'attends ?! hurle Jeff.

*Une ouverture, une fenêtre qui m'évite de t'en mettre une en pleine tête, imbécile !*

— Deva ! Bute-moi ce démon avant que j'y passe !

Le stress me gagne. L'idée de blesser Jeff me terrifie. Pourtant, je tire quand j'estime que c'est le bon moment. Je vide mon chargeur. Des plaintes de douleur retentissent, jusqu'à ce que le démon meure et finisse à son tour en poussière. J'aide Jeff à se redresser en lui tendant la main pour lui permettre de se relever plus facilement. Il est couvert de blessures assez profondes, dont une à la poitrine, qui m'inquiète.

— Ça va ?

— Ouais, dit-il, hors d'haleine.

On reprend notre souffle quelques secondes.

— Je vais appeler…

— Pas la peine, je vais bien.

Je lève les yeux au ciel, ce qui l'agace prodigieusement, je le sais bien. Moi, c'est son comportement qui m'énerve. Ce vieil entêté refuse toujours d'être vu comme un faible. Je ne l'ai jamais considéré de la sorte. Être blessé au combat, ça arrive, bon sang ! Surtout aux courageux qui n'hésitent pas à se jeter dans la bataille. Mais je ne vais pas refaire Jeff. Je perdrais du temps. Il me le répète assez chaque fois que j'essaie de lui prouver quelque chose. Ce n'est pas au vieux singe qu'on apprend à faire la grimace.

— OK, je capitule, allons-y.

Jeff s'exécute en boitant, en se tenant les côtes, et je soupire. Avec les ados endormis au sol, c'est le parcours du combattant. Selon Jesse, les plus costauds en ont encore pour trente minutes. Je ne sais pas vraiment ce qu'elle a mis dedans et je ne tiens pas à le savoir. Je laisse les concoctions aux apprentis alchimistes.

Je pose ma veste en lambeaux, range mon arme, qui n'a même plus une balle, pour arrêter la musique et je me mets derrière le volante pour rentrer à la maison.

* * *

Après ce genre d'opération, nous allumons traditionnellement un brasier derrière chez Jeff. Cela nous sert à faire disparaître les preuves. C'est plus simple, aucun risque qu'elles soient déterrées ou découvertes de cette façon. Là, tous les démons ont fini en cendres. Il ne reste donc plus rien de notre intervention, hormis quelques traces anodines de lutte dans la grange. Mais nous avions besoin de ce feu de camp. Par habitude. Une manière de nous retrouver, de nous réconforter. Je bois une bière, assise sur les marches du perron, suffisamment éloignée du feu. La nuit est bien avancée à présent. Je rêve d'une douche et de mon lit. Jeff me rejoint en boitant. Je soupire pour la forme lorsqu'il se laisse tomber dans le fauteuil sous le porche.

— Tu devrais être au lit, je fais remarquer en lui tendant une bière fraîche.

— Ne commence pas à me dire ce que j'ai à faire.

Je ris. Je pourrais, mais ça ne servirait à rien de toute façon. Il fera ce qu'il voudra.

On fixe le feu en silence pendant quelques minutes. Cette soirée était vraiment étrange.

— T'as déjà vu ça ? je l'interroge.

— Des démons qui organisent des fêtes d'ados pour récupérer leurs âmes ? Non, c'est une première, et j'espère une dernière.

On a eu de la chance qu'un des gamins vienne distribuer ses flyers au bar de Jesse, ce qui, après avoir relevé les traces démoniaques dans le coin, nous a permis de faire le lien. Sinon, cette petite sauterie aurait fini en drame.

— Six, c'est déjà beaucoup pour une équipe de démons. C'est bizarre qu'ils aient cherché à recruter, je poursuis.

Jeff soupire. Je tourne la tête pour le regarder. Avachi dans le fauteuil, le torse bardé de bandages, les yeux clos, il fait plus que ses cinquante ans en cet instant, comme si la fatigue de la vie venait de lui prendre encore quelques années.

— Ouais, c'est étrange, répond-il.

Il ouvre les yeux. J'affronte son regard bleu pour tenter de lire entre les lignes, mais je ne discerne rien. Il est aussi perdu que moi.

— Qu'est-ce qu'il y a ? je demande en me levant pour lui faire face.

J'en ai marre de me tordre le cou pour le regarder.

— Je sais pas, c'est bizarre, c'est tout, et je n'aime pas ça.

Personne n'aime quand les ennemis changent leurs habitudes, c'est dangereux. Qu'est-ce qui va se passer ensuite ? Les goules vont organiser des mariages et les fantômes, des enterrements ? Si ce soir nous a prouvé quelque chose, c'est qu'on est sûr de rien avec les créatures de l'enfer : leur imagination est sans limites. Néanmoins, des démons de bas étage qui réfléchissent autant, c'est suspect.

— Ça fait cinq ans qu'on se connaît, et t'arrives encore à me surprendre, je le chambre.

— Qu'est-ce que j'ai dit ?

— Une banalité. Ce n'est pas très courant, sortant de ta bouche. Déjà, tu limites tes mots comme si tu devais faire des économies, alors balancer que tu n'aimes pas ce qui est bizarre est… encore plus bizarre.

— Merci pour les compliments, Deva, ça fait chaud au cœur.

Il me fusille du regard en enfilant quelques gorgées de bière. Je lui souris en retour. Il n'est pas en colère, il est juste Jeff dans toute sa splendeur. Nous aimons bien nous charrier, tous les deux. C'est un mode de communication comme un autre, qui fonctionne parfaitement entre nous depuis le début.

Je n'ai pas de souvenirs de ma vie avant Jeff. Je me souviens de m'être réveillée ici, dans un lit, sur le ventre, et mon dos me faisait atrocement mal. Jeff était à mon chevet. Il me soignait, et si j'ai été effrayée au début par l'allure et la carrure de cet homme, très vite j'ai compris qu'il ne me ferait pas de mal, bien au contraire. C'est lui qui m'a sauvée de cette attaque de démons qui nous a valu notre rencontre. Jeff est un Protecteur qui m'a prise sous son aile et a fait de moi une de ses semblables.

Nous avons fini par nous apprivoiser. Je lui ai caché mes facultés mentales dans un premier temps. Elles me permettaient d'appréhender ce monde qui me semblait à la fois nouveau et familier. Il s'en est rendu compte lorsque j'ai fait la gaffe de répondre à une des sempiternelles questions qui lui passent par la tête. C'était la première fois que je le voyais en colère. Depuis, il m'a fait jurer de ne plus jamais utiliser mon pouvoir sur lui, et j'ai tenu ma promesse.

Jeff m'est précieux. C'est mon ami et mon mentor. Je n'ai eu que lui pour m'aiguiller dans ma nouvelle vie et je ne tiens pas à le perdre pour une chose aussi stupide, comme lire dans ses pensées.

Depuis, nous faisons fait équipe. Nous sommes même colocataires, lui, Morgane et moi. Je n'ai jamais vraiment quitté sa maison en cinq ans. Jeff est la personne en qui j'ai le plus confiance pour ce qui est de notre lutte. Pourtant, entre nous, il y a beaucoup de choses qu'on ne dit pas, des secrets de nos vies respectives, qui sont trop douloureux pour être évoqués pour sa part, et dont je doute de la véracité pour la mienne. C'est ce qui est agréable avec lui : hormis les questions de sécurité, il n'exige rien.

— Je vais aller me coucher, je l'informe. On verra demain si les bizarreries sont toujours d'actualité.

J'entre dans la maison pour rejoindre ma chambre pendant que mon ami continue de bougonner seul dans son fauteuil. Pourtant, passé l'amusement, moi aussi, je me pose des questions sur cette soirée étrange, sur les agissements des créatures, et j'espère qu'il ne s'agit que d'un mauvais pressentiment.

# Chapitre 2

Quand on vit ici, à Fallen Road, on apprend rapidement à conjuguer les forces du mal avec le monde des humains. Dans cette partie du monde, au nord-ouest de l'État de Washington, il y a comme une aura surnaturelle qui attire tout un tas de créatures, parfois inoffensives, souvent dangereuses.

Ici, on apprend à vivre avec ces apparitions, le surnaturel fait partie de notre quotidien. Rien n'est laissé au hasard, au risque de voir les villes se transformer en bains de sang.

Je gare le pick-up devant le *Jack's Bar*. Je suis matinale. Ma nuit a été courte tellement j'ai ressassé l'étrangeté de la veille. J'ai laissé Jeff endormi sur le canapé, occupé à ronfler, pour venir m'informer auprès de Jesse et de Morgane, si jamais cette dernière est revenue de son voyage à Seattle.

Je grimpe les quelques marches qui mènent à la terrasse en bois, puis, sans perdre de temps, je pousse la porte et pénètre dans l'antre de Jesse.

C'est désert à cette heure. Mon amie est en train de réapprovisionner les étagères d'alcool derrière le comptoir, sûrement vidées la veille par ses clients nocturnes.

— Salut, ma belle, dit-elle en déposant une caisse de whisky sur le comptoir.

— Salut, Jesse.

Je m'installe sur un tabouret et l'observe manipuler ses bouteilles avec dextérité.

— T'es bien matinale. Un problème ?

Je soupire. Jesse rit, puis nous fait un café, que nous buvons ensemble.

— Les démons ? demande-t-elle.

— Ouais, il y a quelque chose d'anormal.

— Raconte.

Jesse retourne à sa tâche en m'écoutant relater la soirée de la veille. Elle n'est pas plus surprise que ça quand j'explique comment, avec Jeff, nous sommes venus à bout d'une bande de démons. Elle est habituée, à présent, à ce qu'on lui révèle ce genre d'événements. Elle y participe, même. C'est grâce à elle qu'on a eu l'info sur la surprise-party des démons, ainsi que le gaz qui a permis d'endormir les gamins. Au fil du temps, au gré de nos recherches, de ses capacités à mélanger des mixtures et de sa collaboration avec Morgane, elle est devenue douée à ce jeu.

Jesse revient vers moi avec nos cafés une fois mon histoire achevée.

— T'as jamais eu affaire à une équipe aussi importante ?

— Non. Trois, quatre max, mais jamais autant, surtout qu'ils cherchaient à en recruter d'autres.

— Qu'est-ce que ça veut dire, selon toi ?

— Je ne sais pas, mais c'est suffisamment curieux pour m'intriguer. Je comptais sur Morgane pour récupérer des infos.

Je fixe Jesse, qui fait de même avec moi en plantant ses iris bleus dans le vert des miens. Je ris. Son côté dure à cuire ressort dès qu'on prononce le nom de la jolie brune qui lui a tapé dans l'œil.

Jesse dégage une mèche de cheveux auburn qui lui tombe sur le visage et m'offre son regard le plus sombre, celui qu'elle destine habituellement aux clients un peu trop entreprenants.

Cette femme ne s'en laisse pas compter. Même si son physique n'a rien d'exceptionnellement fort, elle est capable de mettre dehors le plus lourd des routiers qui s'arrêtent parfois ici.

— Je la croyais à Seattle pour je ne sais quel truc de geek, reprend-elle, l'air de rien.

— Je me disais qu'elle était peut-être rentrée.

— Ici ?

Je hausse les épaules, nonchalamment, ce qui finit d'agacer mon amie.

— C'est chez toi qu'elle habite, il me semble.

— Les choses auraient pu changer.

— Deva…

Son soupir me fait rire, si bien que j'arrive quand même à lui soutirer un sourire amusé. Jesse reprend son boulot. Je tire le journal du jour afin de m'assurer que, dans le coin, personne n'a relevé notre chasse de la nuit dernière. Aucune info à ce sujet. Je suppose que les ados n'ont pas forcément eu envie de révéler cet incident et d'écoper d'une belle punition par la même occasion. Parfait. Nous pourrons enquêter sans avoir les autorités sur le dos.

Néanmoins, un article attire mon attention. Il fait état de deux jeunes femmes retrouvées mortes à Goldenside, dans un entrepôt à la sortie de la ville. Ce qu'il y a d'étrange, c'est que ces deux femmes ne se connaissaient pas et qu'elles ont été dépouillées de leurs organes.

— Des goules, je marmonne.

— Quoi ? m'interroge Jesse en s'accoudant au bar.

J'oriente le journal dans sa direction pour qu'elle puisse lire l'article en question.

— Ça fait beaucoup de créatures en peu de temps, non ? je lui rétorque.

Les démons et les goules sont des prédateurs et se fuient comme la peste. Goldenside est à quelques kilomètres de la grange qui abritait la sauterie des démons. Ça rend le tout un peu plus suspect.

Je sors mon portable et prends l'article en photo.

— Qu'est-ce que ça veut dire, selon toi ?

— J'en sais rien, je réponds, inquiète, mais c'est trop étrange pour qu'on ne s'en occupe pas.

Je salue Jesse et quitte le bar, non sans lui avoir demandé de me prévenir si, à tout hasard, Morgane passait dans le coin.

* * *

De retour à la maison, je trouve Jeff dans la cuisine, qui tente de se préparer des œufs sans s'écrouler. Je le prends en pitié, lui fais signe de s'asseoir et m'attelle à la tâche. Pendant que je fais cuire notre petit déjeuner, il lit l'article sur mon portable.

— Des goules, marmonne-t-il.

Je m'installe à table avec lui une fois nos assiettes pleines. Il en est venu à la même conclusion que moi.

— On devrait aller voir pour s'assurer que c'est bien le cas.

— C'est impossible, dit-il, la bouche pleine. On a buté des démons, hier soir, je te rappelle.

— Justement, si c'est impossible, alors que tout fait penser aux mangeurs d'organes, on se doit de vérifier.

Jeff grignote en réfléchissant, l'air contrarié.

— Si c'est bien ce qu'on pense, reprend-il, et si on ajoute le nombre anormal de démons de cette meute…

Il ne termine pas sa phrase, pris dans ses pensées. Il doit chercher, comme moi, une explication à cette étrangeté. On pourrait croire qu'avec ce que nous fréquentons dans le coin, on ne s'étonnerait plus de rien, mais en fait, les forces du mal sont bien organisées. Elles ont aussi des règles et des principes qu'elles n'ont pas pour habitude de contourner sans en payer le prix.

— À quoi tu penses ? je l'interroge.

— Je sais pas, m'avoue-t-il. Mais on va aller voir et on demandera à Morgane de se procurer le rapport de police si besoin.

J'acquiesce. Ça me semble le plus logique et la seule chose à faire dans l'immédiat. Nous sommes face à des événements qui, pris séparément, n'auraient rien de surprenant. Mais leur proximité, que ce soit dans le temps ou géographiquement, donne des raisons de s'inquiéter.

Nous terminons le petit déjeuner, puis nous partons pour Goldenside. Durant le trajet assez court, je réfléchis à nos années de lutte contre le mal, à nos combats pour tenter de mettre le doigt sur un indice qui pourrait expliquer la situation, mais rien ne me vient.

En cinq ans, nous avons croisé pas mal de créatures étranges, certaines qu'on aurait pensé ne jamais voir : des léviathans, des guerres entre des banshees et des serpents chtoniens qui s'affrontaient pour un bout de territoire, et bien plus encore. Des choses folles qui feraient peur à n'importe quel humain. Elles m'effraient aussi, mais je sais les appréhender. Je sais comment les combattre et je ne suis pas seule dans cette bataille. Jeff et moi, nous nous sommes lancés dans cette entreprise, celle de combattre le mal, avec la même détermination, la même envie de débarrasser ce coin du globe de tout ce qu'il comporte de surnaturel afin que les humains, ignorant tout de cet aspect de notre réalité, puissent vivre sans être inquiétés.

Nous arrivons rapidement à l'entrepôt. Les scellés de la police sont encore présents. Jeff se gare un peu en retrait. Nous nous équipons malgré l'heure matinale. Qui sait sur quoi nous allons tomber à l'intérieur ?

Nous faisons le tour du bâtiment pour trouver un point d'entrée sans avoir à faire sauter les scellés.

Nous repérons une fenêtre au verre brisé, par laquelle nous devons pouvoir nous hisser. Jeff grogne en grimpant, alors que je lui ai proposé d'y aller seule, mais, têtu comme il est, il n'en fait qu'à sa tête.

Une fois à l'intérieur, nous découvrons une ancienne usine à chaussures abandonnée. Certaines machines de la chaîne d'assemblage sont encore présentes, mais l'état des engins laisse à penser qu'il y a des années qu'ils n'ont pas tourné. Nous avançons pour franchir la porte de l'atelier qui mène à la station de livraison, l'endroit où les victimes ont été découvertes. Il y a des couvertures au sol, des cartons et des seringues. Un squat de toxicos, qui deviendront les premiers suspects pour la police.

Avec Jeff, nous repérons les traces de sang encore fraîches au sol. Il y en a peu pour des victimes dévorées : un point pour les goules, elles ne gaspillent pas.

Je m'accroupis et passe le sol en revue à l'aide de ma lampe torche. Une drôle de sensation m'envahit, une sorte de pressentiment qui n'annonce rien de bon. Quelque chose d'instinctif qui me dit qu'ici, le mal a régné, et qu'il règne peut-être encore.

Jeff s'accroupit à mes côtés en grimaçant. Je me tourne vers lui. Il frotte sa barbe grisonnante en réfléchissant.

— C'est à découvert, dit-il en me montrant le coin de chargement.

— Et fréquenté, j'indique en désignant les affaires des squatteurs.

Ce n’est pas le genre des goules de se nourrir à la vue de tous. Elles sont discrètes, presque pudiques dans leur manière de faire.

— On a peut-être affaire à autre chose, reprend Jeff en se redressant.

— Oui, mais à quoi ?

— On doit voir les victimes, voir les traces sur les squelettes pour en savoir plus.

Oui, c’est ce qui nous permettra d’établir une réelle hypothèse, puisque jusque-là aucun schéma préétabli ne colle.

— Tu connais d’autres créatures qui dévorent tous les organes de leurs victimes ? je l’interroge alors que nous continuons notre visite.

— De mémoire, non, mais qui sait, on est peut-être face à quelque chose de nouveau.

— Manquerait plus que ça : un truc qui n’a pas peur d’agir à découvert, qui se fout des démons aux alentours et qui dévore sans souci deux femmes en une soirée.

— Un joli bébé, en somme.

Je ris en le laissant passer devant, dans un couloir qui mène aux bureaux. La lumière se fait moins présente par ici. Les vitres ont été teintées et peintes par nos amis graffeurs. Nos torches nous permettent d’éclairer suffisamment pour que nous puissions jeter un coup d’œil à chaque pièce. Rien d'intéressant, à part des meubles en morceaux et des papiers un peu partout. C'est dans la dernière salle que nous nous attardons un peu plus, celle qui devait servir d'espace de réunion, vu le nombre de chaises retournées. En faire le tour nous prend plus de temps, jusqu'à ce que je tombe sur une trace sombre sur le mur du fond. Je l'éclaire et constate qu'il s'agit de sang. Loin d'être frais, puisqu'il est presque marron.

— Jeff?

Il me rejoint et, ensemble, nous dégageons le sol de ses encombrants pour révéler la moquette d'origine. Elle est gris clair, ce qui nous permet de voir chacune des taches qui la couvrent, et il y en a un paquet. Pas que du sang, d'ailleurs, mais aussi des substances dont je n'ai pas envie de connaître la provenance. Une fois que nous avons bien éclairci deux mètres carrés, nous nous redressons pour observer ce que nous avons sous les yeux.

— Des gouttes, désigne Jeff, pas de projections.

Ce qui correspondrait à une morsure. Les projections sont le signe de violences, généralement, de coups de couteau ou bien de griffes de démons. Les gouttes peuvent aussi indiquer un banal saignement de nez. Rien n'est sûr à ce stade, et ce sang date de plusieurs semaines au moins.

— On a bien fait de venir, on a encore plus de questions que de réponses.

— Ouais, c'est souvent comme ça qu'on commence un truc intéressant.

Sur ce, Jeff fait claquer sa langue et nous quittons l'endroit comme nous sommes entrés, par la fenêtre. Nous faisons quand même un tour alentour par acquit de conscience. Néanmoins, j'ai la certitude que nous n'obtiendrons rien tant que nous n'aurons pas vu les corps et les premières constatations du légiste.

# Chapitre 3

Nous sommes de retour à la maison de Jeff. Je souris en voyant la voiture de Morgane garée devant. Jeff a à peine coupé le moteur que je suis déjà descendue, pressée de voir mon amie. J'entre. Morgane est dans le salon, avachie sur le canapé, sa prothèse posée à côté d'elle et son portable en main.

— Hé ! s'exclame-t-elle avec un grand sourire en me voyant.

Je me laisse tomber à ses côtés et l'embrasse.

— J'allais justement vous appeler, dit-elle en se redressant contre l'accoudoir.

Jeff entre à son tour et salue Morgane d'un signe de la main avant de s'asseoir à la table près de nous.

— Alors, ce voyage ? je la questionne.

Le visage de Morgane s'éclaire, et je sens le discours de geek arriver. Elle s'illumine dès qu'elle parle de sa passion. Ça ne rate pas, nous avons droit à tout un topo sur les installations qu'elle est allée visiter à Seattle, celles d'une grosse boîte de sécurité numérique pour laquelle elle a postulé sous un faux nom afin d'en découvrir l'envers du décor.

— T'as mis ta perruque pour la visite ? je la questionne une fois son récit terminé.

Elle touche ses cheveux en espérant qu'ils soient bien en place, ce qui est le cas.

— Oui, j'étais toute lisse.

Elle me fait un clin d'œil. Nous avons bien ri quand il a fallu lui dégoter de quoi se déguiser et faire rentrer sa coupe afro sous une fine couche de cheveux raides. Le roux foncé lui allait bien. Néanmoins, elle a quand même opté pour la coupe brune la plus passe-partout.

— Alors, ces démons ?

Je laisse Jeff raconter le déroulé de la veille et les découvertes de ce matin. Pendant ce temps, je fais du café pour tout le monde. J'aime quand nous sommes tous les trois à la maison. Sans Morgane, j'ai toujours l'impression qu'il manque quelque chose – de la gaieté, sûrement. De notre trio, c'est la plus joviale, et sa bonne humeur a tendance à déteindre sur le reste de la maisonnée.

Lorsque je reviens dans le salon avec un plateau de tasses de café, Jeff achève son récit.

— Heureusement que je suis rentrée, alors. On dirait qu'on a besoin de moi.

Je lui tends sa tasse et reprends ma place à ses côtés.

— On a toujours besoin de toi.

— Tu peux me donner mon ordinateur ? demande-t-elle en désignant le sac à la porte.

Je me lève pour aller le récupérer. Sans sa prothèse à la jambe, elle ne peut pas marcher, et la remettre juste pour aller à la porte serait inutile, même si elle déteste demander de l'aide. Morgane est une battante, une fille cool qui revient de loin.

Je lui donne son précieux ordinateur portable et nous patientons pendant qu'elle s'active sur son clavier.

— J'ai le rapport, dit-elle.

La seconde d'après, l'imprimante commence son job et des dizaines de feuilles en sortent.

Je me précipite dessus, les récupère et commence à lire rapidement.

— Le légiste ? j'interroge Morgane.

— Rien pour le moment. Si les meurtres ont eu lieu hier soir, ça va prendre un peu de temps.

Je tape du pied, ce qui amuse mes amis. Je ne suis pas patiente, d'autant qu'avec Morgane à nos côtés, nous avons la chance de pouvoir profiter de la technologie pour avancer plus rapidement.

— Bon, reprend Jeff, puisqu'on n'a rien à se mettre sous la dent, je propose qu'on…

— … fasse des recherches sur les créatures qui dévorent les organes de leurs victimes ?

Je lui souris, consciente qu'il allait proposer une séance d'entraînement, mais dans son état, les recherches me paraissent plus appropriées. Jeff déteste rester à ne rien faire, sinon il rumine, et en tant qu'ex-militaire, il aime plus que tout être actif. Selon lui, un entraînement constant permet de garder de bonnes capacités et de ne jamais être surpris.

— Fais tes recherches si ça te chante. Je vais aller dégommer quelques cibles.

Nous rions, avec Morgane, pendant qu'il quitte la pièce pour rejoindre le jardin.

— Même ça, ça m'a manqué, m'informe Morgane une fois Jeff sorti.

— Je crois que ça me manquerait aussi.

Je m'éclipse dans la pièce qui nous sert de bibliothèque improvisée. Nous avons prévu de construire des étagères avec Jeff, mais le temps nous manque alors, au lieu d'avoir de beaux rayonnages bien agencés, nous avons des cartons et des piles de livres à même le sol. J'en prends quelques-uns, ceux que je pense être utiles, et je rejoins Morgane au salon.

Elle me montre son PC, toujours sur ses genoux, pendant que je me déleste de mon fardeau sur la table. Même si Internet facilite nos recherches, les livres sont une bonne source d'informations, car, bien avant que la technologie n'abreuve nos vies, c'est par ce biais qu'on recensait les événements surnaturels.

J'attrape le guide des créatures démoniaques, qui ressemble à un vieux grimoire au papier jauni et abîmé par le temps. J'ignore quoi chercher : ce sera donc au petit bonheur la chance ! Je ne m'attarde que sur les démons dont je ne sais rien. Il y en a un paquet. C'est fou comme l'enfer peut regorger d'êtres plus maléfiques les uns que les autres.

Nous passons plusieurs dizaines de minutes studieuses, entrecoupées de coups de feu au loin, dans le jardin, jusqu'à ce que Morgane interrompe ma lecture.

— Alors, d'autres souvenirs ont ressurgi ?

Je lève la tête. Elle est la seule à savoir que j'ai parfois des réminiscences du passé. Pas de faits ni de visages, simplement des sensations et des images floues.

— Non, rien de nouveau, toujours le même bazar.

Des lumières surtout, et une présence que je sens auprès de moi. Juste ce qu'il faut pour me tourmenter. Machinalement, je joue avec l'anneau que j'ai suspendu à une chaîne à mon cou. C'est la seule chose qui appartienne à ma vie d'avant, mais qui ne m'est d'aucune utilité. J'ignore d'où vient ce bijou et ce qu'il représente. Je sais simplement qu'il est là.

— T'as essayé la méthode de méditation que je t'ai conseillée ?

Je ris en acquiesçant.

— Ça n'a rien donné.

— Est-ce que tu te détends assez, au moins ?

Je hausse les épaules et reprends ma lecture. J'ignore si j'ai bien fait l'exercice. Néanmoins, ça n'a pas été concluant. J'ai juste fait ressurgir des images et des sensations que je vois dans mes rêves pour essayer de les tirer au clair, mais rien.

— Ça viendra, conclut Morgane, il te faut juste du temps.

J'aime son optimisme. Il agit comme une source d'espoir, surtout lorsqu'on sait d'où elle vient. Garder autant de foi en l'avenir après avoir survécu, je trouve ce comportement beau.

J'espère qu'elle dit vrai. Chaque matin, en me réveillant, je fais l'inventaire de ce que je sais de moi, en essayant d'ajouter un élément nouveau, mais depuis plusieurs mois maintenant, je stagne, avec ces maigres informations : je suis une femme d'une vingtaine d'années avec un pouvoir étrange ; j'ai été agressée par des démons il y a cinq ans, alors peut-être que j'étais déjà une Protectrice à l'époque. J'ai un anneau que je qualifierais de porte-bonheur, s'il n'y avait pas eu cette mésaventure, et j'ai la certitude qu'au moins une personne me connaît. Cette présence que je sens dans mes rêves, c'est le signe qu'il y a quelqu'un. C'est frustrant d'avoir si peu d'informations, de ne pas connaître son histoire et de ne pouvoir compter que sur le présent pour se définir. Pourtant, un passé a existé. Je crois que je m'y fais, dans une certaine mesure, parce que je n'ai pas vraiment le choix, et puis je garde espoir. Un jour, je découvrirai la vérité.

Les recherches ne donnent rien de probant. Nous nous arrêtons pour un déjeuner tardif en milieu d'après-midi. Jeff, rappelé par son estomac, nous rejoint à table. Nous vivons à trois, et pas un n'est capable de faire mieux qu'un steak-pâtes et sa variante, haricots-steak. La plupart du temps, on mange en ville ou chez Jesse.

C'est d'ailleurs sur cette dernière que j'oriente la conversation durant le repas. Morgane, gênée, baisse la tête sur son assiette sans répondre, ce qui nous amuse, avec Jeff.

Elle est sauvée par l'alerte qu'elle a programmée sur son ordinateur afin d'être prévenue lorsque le légiste enverrait son rapport à la police.

C'est fou, ce qu'on peut faire quand on sait hacker tout et n'importe quoi. Morgane pratique ce genre de chose comme personne. Elle a un don extraordinaire pour comprendre le numérique et ses failles, ce qui nous sert pour vivre et pour notre travail. Grâce à elle et à la rente de vétéran de Jeff, nous pouvons chasser les monstres sans avoir à nous demander si on aura de quoi manger. L'argent ne coule pas à flots, mais suffit amplement à notre subsistance.

Une fois sa prothèse en place, Morgane récupère son ordinateur et lance l'impression.

Jeff et moi nous précipitons sur l'appareil. Les photos arrivent en premier lieu, et heureusement que nous avons une imprimante assez rapide, car je doute qu'elle aurait tenu face à notre impatience.

J'attrape les clichés, Jeff penché par-dessus mon épaule, et on les observe.

— Goules, nous lançons en chœur.

Les traces de dents sur les chairs des victimes ne nous laissent plus aucun doute. J'attrape le rapport et le lit pour confirmer ce que nous savons déjà.

— Aucune trace de coups, les victimes ont été éventrées, vidées de leurs organes, et les seules marques qu'elles portent sont les morsures.

Normal, les goules n'ont pas besoin de faire usage de la violence avec leur repas : elles ont un pouvoir de persuasion qui oblige n'importe qui à se porter volontaire pour donner son corps.

Je m'assois sur le canapé. Même si c'est bien ce que nous redoutions, ça ne règle pas la question qui nous intrigue depuis ce matin. Pourquoi des goules et des démons se retrouvent sur Terre en même temps, tout à coup ? Je n'arrive pas à imaginer une réponse valable.

— Tu crois qu'ils auraient pu former une sorte de pacte ou d'alliance ? j'interroge Jeff.

— Ce serait de l'inédit. Tout ce temps comme Protecteur, je n'ai jamais vu ça.

— Les démons étaient plutôt nombreux. Peut-être qu'ils avaient prévu de s'en prendre aux goules ensuite. C'est peut-être même pour ça qu'ils recrutaient.

Jeff enfonce les mains dans ses poches de jean, l'air de réfléchir à cette théorie.

— Ça se pourrait. Du moins, c'est ce qui collerait le mieux.

— Ce soir, on devrait aller à Goldenside pour les traquer et leur poser quelques questions.

Jeff se met à rire, puis il me dévisage avec ce regard paternaliste et bienveillant qu'on adresse à un enfant qui dit une bêtise. Je sais parfaitement que, lorsque nous trouvons des goules, nous ne tergiversons pas : nous les tuons pour ne pas nous laisser berner par leur persuasion et finir comme nos victimes d'hier soir.

— On peut bien trouver quelque chose pour neutraliser leur foutu pouvoir, non ? C'est notre seule chance de comprendre ce qui se passe, j'insiste.

— Si on trouve un remède ou une mixture capable d'aliéner leur don, on y va, sinon c'est trop risqué, Deva.

— OK, on va chercher un truc, et je suis sûre qu'on va trouver de quoi les rendre inoffensives.

— Ouais... Enfin, même sans cette capacité, ça n'en reste pas moins des goules, elles sont dangereuses.

Je l'imite en grimaçant, ce qui amuse Morgane.

Je me remémore ce que je sais de ces créatures. Elles agissent en solitaire la plupart du temps, rarement en meute. Elles préfèrent opérer de nuit en général, notamment pour hanter les cimetières, où elles attirent leurs proies par des chants mélodieux, et elles sont immortelles, sauf si on les décapite. Leur force est surnaturelle, mais rien que nous n'avons pas déjà affronté. Leur point fort, c'est vraiment la persuasion. Elles ne restent jamais longtemps sur le même territoire, elles bougent sans cesse. Ce soir sera peut-être notre dernière chance de les trouver dans le coin. Demain, elles pourraient être ailleurs et repartir avec le mystère de leur présence aussi proche de leurs ennemis. Je ne vais pas supporter de ne pas savoir ce qui se trame. J'ai de nouveau le sentiment que quelque chose m'échappe, et cette impression va devenir vite incontrôlable si nous ne prenons pas rapidement les devants.

Ils nous restent un paquet d'heures avant le coucher du soleil et la sortie des goules pour la chasse. Je compte bien les mettre à profit pour nous dégoter un cocktail qui neutralisera leur pouvoir.

# Chapitre 4

Jeff lève un index et penche la tête, ce qui signifie qu'il a entendu quelque chose. Je me concentre sur mon ouïe, mais rien ne me parvient. Je le pense parano sur ce coup : il ne voulait pas venir et me le fait bien sentir.

Comme nous n'avons pas trouvé de quoi aliéner le pouvoir des goules, j'ai réussi à convaincre Jeff qu'une paire de lunettes de soleil devrait suffire à neutraliser nos amies dévoreuses d'humains – du moins, je l'espère. Comme il fait nuit, nous avons opté pour le masque de vision nocturne. J'adore ce truc ! J'adore l'attirail de Jeff. Lorsqu'il a commencé à m'entraîner, il y a cinq ans, et qu'il a ouvert la malle renfermant tout son équipement de soldat, j'ai eu l'impression de vivre mon premier Noël. Je l'ai exaspéré avec mes questions. Qu'est-ce que c'est ? À quoi ça sert ? Comment ça fonctionne ? Cela dit, il a fait preuve de patience et m'a inculqué son savoir. Jeff est ainsi : il râle, bougonne, mais ne rate jamais une occasion de m'enseigner ce qui pourrait me sauver la vie.

Nous sommes à Goldenside, dans le même quartier que précédemment. Nous faisons le tour des divers entrepôts et bâtiments qui jalonnent le coin. Pour le moment, rien à signaler, et je commence à croire que les goules sont parties. Nous n'obtiendrons sûrement jamais de réponses à nos questions et la vie reprendra son cours avec son lot habituel de démons à chasser. Je commence à désespérer. Ma patience est mise à rude épreuve, mon ami le sent bien. Il m'arrête lorsque nous passons le grillage pour sortir de l'enceinte d'un énième squat.

— Qu'est-ce qu'il y a ? m'interroge-t-il en relevant son masque.

Je l'imite en soupirant.

— Je me suis trompée. Pourtant, j'ai ce pressentiment qu'un truc cloche.

— Quoi, exactement ?

Il m'étonne toujours lorsqu'il prête attention à ce que je ressens et que j'ai du mal à expliquer. C'est comme une sonnette d'alarme dans ma tête qui viendrait tinter pour me prévenir d'un danger imminent. Mais, cette fois, je la sens jusque dans mes tripes, et c'est désagréable.

— Je sais pas trop, c'est comme si quelque chose de plus gros se préparait.

Jeff rit. Il me tape sur épaule, puis poursuit son chemin, toujours hilare. Pas la peine de me demander si c'est pour se moquer ensuite.

— D'habitude, tu me crois quand je te dis que je le sens pas.

— Parce que c'est vrai, mais là, que veux-tu qu'il y ait de plus gros ?

— Aucune idée, c'est bien pour cette raison que je suis inquiète.

— Deva, arrête de te prendre la tête. Si autre chose nous tombe dessus, on fera face, comme toujours.

Je ne réponds pas et me contente de remonter la rue qui nous ramène au pick-up. Parfois, je me demande si sa confiance en nous n'est pas trop grande. Je sais de quoi nous sommes capables, nous avons affronté pas mal de créatures ensemble. Néanmoins, nous ne sommes pas invincibles. Nous pourrions être dépassés par ce qui se trame, et être pris au dépourvu dans ce genre de situation est synonyme de mort.

Perdue dans mes pensées, je n'ai pas remarqué que Jeff s'est arrêté. Je percute son dos en grognant avant de me poster à ses côtés.

Je suis sur le point de le questionner lorsque je vois cinq ombres au loin. Elles passent sous le lampadaire et mon sang ne fait qu'un tour lorsque je remarque les yeux rouges de nos adversaires.

Des démons. On vient chercher des goules et on tombe sur des démons ! La situation ne serait pas aussi critique, je lancerais à Jeff un « je te l'avais bien dit » mérité. Peut-être est-il comme moi, capable de lire dans les pensées, car il m'accorde un regard las.

— Ils sont cinq, j'annonce en sortant mes poignards camouflés dans mon dos. On va morfler.

Jeff fait de même, puis se met en position d'attaque.

— Si tu me parles de ma blessure, c'est toi que je plante en premier.

— Pour que tu t'amuses tout seul ? Hors de question ! Je préfère te traîner après le combat plutôt que de le rater.

Il n'empêche que nous sommes mal barrés. Jeff n'est pas au maximum de ses capacités et les silhouettes qui s'approchent n'ont rien de bienveillant. L'espace d'un instant, j'envisage la fuite, pour nous préserver, juste quelques secondes où j'imagine le corps de mon ami au sol, puis l'action se déclenche et chasse mes pensées stupides.

Ils s'écartent sur la route, forment une ligne qui bientôt deviendra un cercle et se refermera sur nous. Ils pensent à tort que c'est gagné, qu'ils ne vont faire qu'une bouchée de nous et obtenir notre âme en guise de récompense. C'est mal nous connaître.

Celui du milieu hume l'air en riant.

— Deux belles âmes bien pures, je me régale d'avance.

Leurs yeux deviennent rouge carmin. Nous nous positionnons, avec Jeff. Je fais tourner mes poignards entre mes mains et c'en est fini de rire pour nos adversaires.

— Des Protecteurs, grogne celui à gauche, le moins trapu de la bande.

Ils se raidissent et prennent conscience que ce ne sera pas une partie de plaisir de nous affronter. Puis, sans plus tergiverser, ils se jettent dans la bataille. J'arrive à en écorcher un immédiatement, le faisant hurler. Les coups pleuvent. Leur nombre nous surpassant, nous n'avons aucun répit. Il faut rester en alerte et surveiller tous les côtés pour ne pas être pris au dépourvu. Malheureusement, l'un d'eux parvient à me ceinturer par-derrière. Mes lames fendent l'air pour se planter dans son ventre, mais impossible de viser le cœur. Il a mal, desserre un peu sa prise, mais son acolyte est déjà sur moi. Je reçois des coups qui me sonnent. J'en donne un avec mon pied pour l'éloigner et me défaire de la prise de son pote. J'y parviens en projetant ma tête violemment vers l'arrière. Je n'ai pas le temps de me retourner : le second est de retour, avec une telle hargne qu'il en oublie de protéger son torse, et je n'ai aucun mal à lui planter mes deux poignards au niveau du cœur. Il s'effondre et redevient poussière pour rejoindre les enfers. Celui qui me ceinturait, il y a quelques secondes, connaît le même sort lorsque je me retourne. C'est lui qui s'empale sur mes lames tendues dans sa direction. J'ai le temps d'apercevoir son air surpris avant qu'il s'évapore.

À quelques mètres de moi, Jeff est venu à bout des deux autres. Quant au dernier, il se fait la malle aussi vite que possible, et il est déjà trop loin pour que nous espérions le rattraper, le lâche.

Je m'approche de mon ami, qui reprend son souffle. Je rengaine mes lames et m'appuie contre le grillage pour faire de même.

— Des novices, dit-il entre deux inspirations.

Oui, ça m'en a tout l'air. Pour que le combat soit si facile, c'est qu'ils n'ont pas été confrontés à beaucoup de danger.

— Des démons de bas étage en nombre, des goules dans les parages, et maintenant des démons novices, et tout ça en deux nuits…

Jeff lève la main pour me faire taire. Je roule des yeux : il ne va quand même pas me dire qu'il n'y a rien d'anormal !

— J'ai besoin d'une bière pour réfléchir. Ensuite, on en discute.

Je ris en lui accordant cet intermède. Peut-être que ce sera bénéfique de poser un peu les choses.

* * *

On pénètre dans l'antre de Jesse. Un air de vieux rock résonne en fond, accompagné par les discussions des clients, qui vont bon train à cette heure tardive. Avec Jeff, nous nous trouvons une table, puis, quelques minutes plus tard, deux bières font leur apparition sans que nous ayons eu besoin de commander. Jesse attrape une chaise, la retourne et s'y installe à califourchon.

— On dirait qu'on a passé une bonne soirée, dit-elle d'un air amusé.

— On a été conviés à une boum avec des démons, je réponds en touchant la bosse qui se forme au-dessus de ma nuque.

— J'espère que vous avez pu conclure.

— Carton plein !

Jeff lève sa bière. Nous trinquons à cette bataille avortée, mais concluante.

Je me tourne sur ma chaise pour passer la clientèle en revue, notamment au bar, mais pas de signe de Morgane. Elle était fatiguée, elle a sûrement dû s'endormir sur son ordinateur.

Jeff termine sa bière d'une traite, puis il nous quitte en direction des toilettes.

— Il a l'air remonté, je me trompe ?

— Non, il fait sa mauvaise tête pour ne pas admettre que j'ai raison.

— À quel propos ?

— Qu'il devrait se trouver une femme.

Nous rions de cette éventualité qui, j'en ai peur, ne verra jamais le jour.

— J'en connais une autre qui devrait songer à se caser.

— Toi, tu veux dire.

— Non, toi.

Je bois quelques gorgées pour remplacer l'amertume de ma bouche par celle de la bière.

— J'ai autre chose…

— « … à faire que de me prendre la tête avec un mec ! » Je sais, je connais la rengaine, Deva.

Jesse me fixe avec insistance et j'appréhende ce qu'elle va dire. Je sais qu'elle va très précisément toucher chez moi le point sensible.

— Tu vas finir ta vie en dame de compagnie pour Jeff.

Je ris, même si quelque chose me dit qu'elle n'a pas tort. C'est un peu le destin qui se profile si je persiste à me fermer à toute relation. Pour le moment, je comble mes instants de solitude par des coups d'un soir, des hommes qui occupent mon temps quelques heures, avec qui je passe de bons moments sans me poser de questions. Un jour, éventuellement, l'un d'eux deviendra autre chose. Peut-être que j'en laisserai un investir ma vie, mais, dans l'immédiat, je n'en éprouve pas le besoin ni l'envie. Je suis heureuse avec mes amis, qui sont devenus ma famille au fil du temps, et mon implication dans la lutte contre le mal. Ce combat me comble, bien au-delà de ce qu'un homme pourrait m'apporter, j'ai l'impression.

Jeff revient et interrompt notre conversation. À ses sourcils froncés, je sais que quelque chose ne va pas – probablement la discussion à venir qu'il n'a pas encore envie d'avoir.

— Tu ne vas pas y échapper maintenant que tu as eu ta bière, je m'amuse.

— On doit rentrer.

— Pourquoi ?

Je suis déjà debout. Des billets ont rejoint la table et mes sens sont en alerte.

— Morgane m'a appelé. Il y a… quelque chose.

C'est Jesse qui se lève d'un coup en entendant ce prénom.

— Elle va bien ? s'enquière la barmaid.

— Oui, ne t'en fais pas.

Je crois que c'est raté, nous sommes toutes les deux inquiètes. Jeff n'attend pas plus longtemps et rejoint la sortie.

— Je t'appelle, je lâche à Jesse, qui, j'en suis sûre, le fera la première.

Je rejoins Jeff, qui a déjà lancé le moteur. J'ai à peine posé mes fesses sur le siège qu'il démarre.

— C'est quoi, au juste, ce quelque chose ?

— Un ange.

— Pardon ?

— Il y a un ange à la maison.

J'encaisse sa réponse en me demandant ce qu'un ange ferait là. Nous n'en avons jamais croisé. Depuis tout ce temps, aucun être céleste n'est apparu sur notre route.

Je fixe Jeff, qui conduit comme si sa vie en dépendait.

— Pourquoi il est là ?

— Je sais pas.

— Pourquoi ça a l'air de te contrarier ?

Il soupire, relâche un peu l'accélérateur lorsque nous arrivons à un virage particulièrement serré.

— J'aime pas qu'on s'invite dans ma maison sans prévenir.

— Ce ne serait pas le premier à le faire, et jusque-là, ça t'a plutôt bien réussi, puisque tu as hérité de Morgane et moi.

Quelque chose ne va pas, je le sens. Je le connais assez pour m'apercevoir qu'il est remonté contre cet ange.

— C'est pas pareil.

Nous arrivons à la maison. Il se gare et s'apprête à descendre, lorsque je le retiens.

— Il y a un truc que tu ne me dis pas ?

— Non, je veux juste m'assurer que Morgane va bien.

Je le fixe un moment pour être certaine de la véracité de ses propos, mais Jeff m'échappe et je descends à mon tour en pensant à notre amie, qui a dû se faire surprendre en plein sommeil.

Jeff ouvre la porte à toute volée et, pour la seconde fois de la soirée, je percute son dos lorsqu'il s'arrête à l'entrée du salon. Je me décale pour voir ce qui l'a stoppé aussi net.

Morgane est sur le canapé, une arme pointée sur l'ange, debout près de la table, et qui nous tourne le dos.

On s'inquiète toujours pour les gens qu'on aime, mais Morgane a de la ressource. Elle sait qu'un flingue est toujours planqué sous l'un des coussins du canapé et elle n'hésitera jamais à s'en servir.

— Qu'est-ce que tu veux ? grogne Jeff à l'être qui nous tourne le dos.

Je trouve étrange qu'il n'agisse pas comme s'il pouvait être une potentielle menace alors que j'ai déjà sorti mes couteaux. J'ignore ce qui tue un ange. Toutefois, ça ne peut que lui faire du mal si jamais il est malveillant.

L'homme aux cheveux blond se tourne doucement. Il ne s'attarde pas sur Jeff. C'est sur moi qu'il pose d'abord son regard. Et cette désagréable impression née dans mes tripes vient se loger dans mon cœur. L'ange a des yeux bleus, qui me saisissent et me semblent encore plus douloureux qu'un coup de poignard. Je n'arrive pas à détourner les yeux ni à surmonter ce que je ressens en l'observant… C'est comme s'il m'appelait. J'en reste sans voix alors qu'il s'avance vers moi. Il ne dit rien, pas un mot. Pourtant, Jeff l'interpelle en hurlant à nos côtés. Mais, s'il est aussi sous le choc que moi, peut-être que lui non plus n'entend rien.

Je me sens fébrile, presque faible sous son examen. Instinctivement, je porte la main à l'anneau à mon cou et le serre. Ce talisman me permet de reprendre contact avec la réalité et ce qui nous entoure, tout comme l'ange, qui a suivi mon geste.

— J'ai besoin de vous, dit-il d'une voix rauque et tendre à la fois.

— Pourquoi ? poursuit Jeff.

Je secoue la tête et me tourne vers mon ami.

— « Pourquoi » ! Tu demandes juste « pourquoi » !

Je m'attendais à ce qu'il le mette dehors dans un premier temps, et ensuite il aurait entamé une discussion. Je jette un coup d'œil à l'ange. Je n'ai, moi-même, pas très envie de le foutre à la porte, mais plutôt d'en savoir plus sur lui.

Il me scrute de la tête aux pieds. Je dois avoir fière allure avec mes cheveux bruns, dont la queue de cheval a dû subir les affres de la bataille contre les démons, mon pantalon de treillis, ma veste militaire et mes rangers, qui parachèvent le tableau de ma féminité.

Lui est parfait, beau comme un dieu… « Comme un ange » serait plus correct. Il est bâti comme un guerrier. Pourtant, son visage dégage quelque chose d'amical, de bon. C'est déroutant.

— Deva, soupire Jeff, on va essayer d'aller à l'essentiel.

— Deva, reprend l'ange d'un ton rêveur. Ça vous va bien.

Merde, je ne vais pas m'y faire, à cette voix ! Elle est trop posée pour être normale. Ici, entre Morgane, qui s'excite facilement pour tout, et Jeff, qui passe son temps à ruminer, j'ai rarement l'occasion de côtoyer des tons aussi sûrs et doux.

— Heu… merci, et vous êtes ?

— Caliel. Vous pouvez m'appeler Cal.

— OK. Cal, qu'est-ce que tu veux ?

Il rit en secouant la tête. Jeff a déteint sur moi : moi aussi, je vais droit au but maintenant. Pourtant, j'ai toujours la main autour de mon anneau, comme s'il pouvait faire quelque chose dans l'éventualité où cet ange trop beau pour être vrai nous voudrait du mal.

— On devrait s'asseoir et discuter calmement.

Il tire une chaise, dégage d'un geste son grand manteau et s'assoit. Son regard se porte sur Jeff et moi pour nous inviter à faire de même. Morgane a toujours son arme pointée sur lui – au moins une qui a gardé un soupçon de bon sens.

Jeff presse sa main dans mon dos pour que j'avance. Je m'exécute comme une machine à qui on aurait donné la bonne instruction. Je m'installe en face de Caliel sans que cesse le chaos qu'il a provoqué dans ma tête. Et j'ai toujours le sentiment que ces derniers jours ont été trop étranges pour que sa présence soit une simple coïncidence.

# Chapitre 5

L'ambiance est très étrange et pesante. Jeff est à cran, Caliel, un peu trop sûr de lui, et Morgane ne sait plus où donner de la tête. Quant à moi, j'ignore ce que provoque la présence de cet être céleste, mais elle ne me laisse pas indifférente.

Morgane se lève pour nous rejoindre autour de la table, son arme toujours braquée sur l'ange. Je le vois sourire.

— Les balles ne te font rien, j'affirme.

— Elles font mal.

Je ris. Je doute que des balles célestes lui procurent quelque dommage, et nous ne pouvons pas nous permettre de gâcher le peu que nous avons. Sans le ranger, Morgane baisse le pistolet sur sa cuisse, sous la table.

— On t'écoute, lâche Jeff.

— Avez-vous remarqué quelque chose d'inhabituel ces derniers temps ?

Je jette un coup d'œil à mon ami. Oui, encore un « je te l'avais bien dit » qui pourrait résonner dans le salon tant je le pense avec conviction.

— Quelque chose comme une meute de démons plus importante, des goules à proximité desdits démons et des démons novices ?

— Oui, ce genre de choses.

— Alors, oui, on a remarqué.

Caliel me fixe, ce qui éveille toujours cette impression étrange dans ma poitrine. J'aurais aimé rencontrer d'autres anges pour savoir si c'est lui ou sa nature qui me met aussi mal à l'aise.

— La faille qui mène aux enfers a été ouverte, dit-il d'un ton égal.

— Pardon ?

Il soupire, comme s'il devait expliquer les bonnes manières à des enfants dissipés.

— Ce qui attire généralement les forces du mal sur Fallen Road, c'est cette faille. Elle les appelle, en quelque sorte. Mais, jusque-là, elle demeurait fermée. À présent, elle est ouverte et des créatures s'en échappent.

Je reste estomaquée par cette révélation qui paraît ne pas l'ébranler plus que ça. Il y a un passage direct avec l'enfer près d'ici, et il annonce ça comme s'il avait une simple épine dans le pied.

Je ris, ce qui intrigue mes amis, qui, eux, prennent très au sérieux les dires de l'ange. Je me calme et fais semblant d'écouter la discussion en me concentrant pour entrer dans la tête de Caliel. Peut-être que c'est ce que je ressens : un mensonge, une arnaque ou un piège qui nous conduirait, mes amis et moi, vers la mort. Sans être infaillible, mon instinct m'a rarement fait défaut. Or, la présence de l'ange a allumé tous les voyants d'alerte.

Je me concentre de plus belle et projette mon pouvoir dans sa direction, comme une vague qui transpercerait tous les secrets de l'âme pour me révéler les pensées qu'elle abrite. C'est souvent douloureux pour moi. Les efforts que ça demande me mettent en général à plat, si bien que je n'utilise ce pouvoir qu'en cas d'absolue nécessité. Découvrir ce que Caliel cache me semble en être une.

Je tente de forcer le passage, mais c'est comme si je me trouvais face à un mur. Quelque chose m'empêche d'entrer et je sens l'agacement me gagner à l'idée de ne pas y arriver. Je déverse toutes mes forces dans la tentative, de l'énergie… Pourtant, rien n'y fait, c'est verrouillé.

Lorsque je m'interromps et que je reprends pied, je remarque que tout le monde m'observe.

— Vous n'y arriverez pas, m'annonce Caliel.

— De quoi tu parles ?

Je joue l'ignorance, même si mes doigts, agrippés au bord de la table, ont du mal à lâcher prise tellement j'ai serré.

— Entrer là-dedans, dit-il en désignant sa tempe.

— Je n'en avais pas l'intention.

— Bien sûr.

Comment il a pu détecter ma tentative ? Le peu de fois où j'ai utilisé mon pouvoir, la personne n'a jamais rien senti. Un truc d'ange, sûrement.

— Nous pouvons reprendre ?

J'acquiesce en croisant les bras. Le sourire de Morgane me laisse penser que j'ai l'air d'une enfant têtue.

— Pourquoi cette faille est ouverte ? j'interroge.

À défaut de pouvoir découvrir la vérité par moi-même, j'ai quelques questions à poser.

— À cause de la guerre qui se prépare.

— Quelle guerre ? me devance Morgane.

— Celle entre l'enfer et le paradis.

*Rien que ça !*

— Ce n'est pas toujours le cas ? reprend Morgane. Vous n'êtes pas constamment en guerre ?

— Pas vraiment. Si je croise un démon dépassant ses droits, je me sentirai obligé de l'anéantir, mais on ne lève pas d'armée pour aller affronter nos ennemis. Les Protecteurs comme Jeff et Deva font assez bien leur job pour qu'on n'ait pas à intervenir. Tout cela reste local et maîtrisé.

— Qu'est-ce qui a changé ?

Caliel tourne doucement la tête vers moi. Sa beauté est époustouflante, tout comme le calme qu'il dégage.

— Des anges ont été massacrés.

— Ici ?

— Plus au nord.

— Par qui ?

— Des démons, des envoyés de Lucifer.

— Dans quel but ?

Je regrette cette question à la seconde où je la pose, encore plus lorsque Caliel penche la tête et étire ses lèvres dans un sourire ravageur. Je me sens stupide.

— Allons, Deva, pourquoi des démons voudraient tuer des anges ?

Je sors de mes pensées pour le fusiller du regard.

— Nous anéantir et prendre possession de la Terre, voilà ce qu'ils veulent, conclut-il, un poil en colère.

Jeff s'éclaircit la voix avant de prendre la parole.

— Qu'est-ce que tu attends de nous ?

Il est fidèle à sa devise : aller droit à l'essentiel.

— Je suis descendu sur Terre pour trouver une épée. Malheureusement, elle a été perdue lors d'une précédente bataille, il y a des siècles de ça. La guerre va commencer, et sans cette arme, nous ne pourrons pas gagner. Il nous la faut à tout prix.

— Qu'est-ce qu'elle a de spécial, cette épée ?

— C'est notre meilleur moyen de vaincre Lucifer.

— Meilleur, c'est-à-dire ?

— Oui. Cette lame a été forgée par le Tout-Puissant en personne pour Michel lorsque Lucifer s'est proclamé roi des enfers. C'est notre seul moyen sûr de le vaincre.

Le silence s'abat sur le salon. Chacun semble encaisser les paroles de Caliel. Ça me paraît invraisemblable qu'une telle arme se trouve sur Terre, et surtout qu'elle soit perdue.

— C'est complètement fou, souffle Morgane.

Je suis d'accord avec elle. Les archanges, le Tout-Puissant, Lucifer… nous ne sommes pas habitués à ce genre de combat. Nous sommes capables de vaincre des démons, des goules, des wendigos, et même d'aider des fantômes à passer dans l'au-delà, mais pas d'entrer dans une guerre qui oppose deux forces bien trop puissantes pour nous.

— Je comprends, ça doit faire beaucoup à intégrer, mais le temps presse. Bientôt, la guerre va débuter et il nous faut cette épée pour vaincre.

— Qu'est-ce qu'on a à voir là-dedans ? je demande.

— Je dois retourner au paradis, mon devoir m'appelle. Je dois me préparer pour la bataille.

— Et l'épée ?

— C'est là que vous intervenez.

— Tu veux qu'on la retrouve ?

— Oui. Vous serez plus discrets que moi dans cette quête.

Il se met à nous raconter ce qu'il a découvert depuis qu'il est descendu sur Terre afin de retrouver « la lame du Tout-Puissant », comme il l'appelle. Les dernières traces remontent à une guerre en Mésopotamie, au premier siècle de notre ère. C'est à ce moment qu'elle a disparu, à la mort de Michel sur le champ de bataille. Il est parti de là, et après des mois de recherches, il est arrivé jusqu'ici, où un collectionneur d'objets anciens l'aurait acquise.

— J'ai pu entrer dans sa demeure. Il était mort, sans aucune trace de l'arme. Elle a été dérobée, et j'ignore par qui. Toutefois, même si elle a une grande valeur sur le marché des antiquités, je pense que des démons sont passés par là.

— Ils savent que tu la cherches ?

— Ma quête n'a pas été des plus discrète, je l'admets.

— C'est malin, je lâche avec sarcasme.

— Pas vraiment, et on risque de le payer cher si j'ai mis nos ennemis sur sa trace.

Il a l'air vraiment peiné d'avoir échoué.

— Vous devez retrouver cette épée.

L'embarras est passé. L'ange dans toute sa splendeur est de retour, avec ce ton autoritaire qui fait vibrer mon corps, comme si j'avais hâte de me lancer dans cette bataille, moi aussi.

— Cette guerre, reprend-il, elle vous concerne aussi. Si on échoue, la Terre pourrait tomber entre les mains de Lucifer et de ses démons.

— Tu sais mettre la pression, ironise Morgane.

L'ange lui lance un regard torve qui me laisse penser qu'il ne comprend pas ce genre d'expression.

— On est tous sous pression, l'enjeu est grand.

Je ris devant la mine déconfite de mon amie.

— Il n'y a rien d'amusant, se fâche Caliel.

— Si, toi.

Il ne se rend pas compte : il débarque ici sans prévenir, nous raconte son histoire de guerre et d'arme à retrouver sans qu'à aucun moment il pense que nous pourrions refuser. Il est bien trop sûr de lui et de notre implication.

— Tu ne penses pas qu'on puisse refuser, je me trompe ?

— Non. C'est votre devoir.

— Je ne me souviens pas d'avoir signé un contrat avec le paradis.

— Je peux t'en fournir un.

Je ris de nouveau, tout comme mes amis. Caliel est perdu.

— Qu'est-ce qui nous dit que tout ce que tu racontes est vrai ? Tu dis que tu es un ange, mais rien ne le prouve.

La seconde d'après, il est debout. Ses yeux s'éclairent d'une lumière scintillante, presque bleue, et des ailes majestueuses font leur apparition dans son dos. De vraies ailes, avec des plumes blanches comme la neige, et assez grandes pour le recouvrir. Je suis bouche bée face à ce spectacle. S'il était magnifique en homme, là, il est époustouflant. L'aura qu'il dégage me donne la chair de poule et emballe mon cœur. C'est un ange, un vrai.

L'instant passe. Les ailes se rétractent. Son regard redevient humain et il se rassoit. Jeff ne semble pas impressionné, mais Morgane est comme moi : estomaquée par ce qu'elle vient de vivre.

— On va la chercher, ton épée, parce qu'on n'est pas des lâches et qu'on ne tient pas à ce que la Terre tombe entre les mains du mal.

— Bien.

J'aurais aimé que Jeff me demande mon avis avant de nous intégrer directement dans cette lutte céleste. Mais je suis d'accord avec lui, c'est trop important pour que nous nous en moquions. Néanmoins, un peu de réflexion n'aurait pas fait de mal et je trouve le comportement de mon ami suspect. Il accepte les événements avec trop de simplicité. Je ne m'attarde pas sur cette pensée. Caliel sort un carnet de la poche intérieure de son manteau. J'ai le temps d'apercevoir les poignards accrochés à sa taille.

— Vous aurez toutes les infos que j'ai pu récolter là-dedans.

Il le donne à Morgane. Ce geste me perturbe : comment sait-il que c'est elle qui va le déchiffrer en premier ?

Il se lève. Instinctivement, Jeff et moi l'imitons.

— Je dois partir.

C'est surprenant pour nous. Pour lui, ça semble être sa façon de fonctionner. Un peu comme Jeff, il va droit au but.

— Comment on peut te contacter ? je demande.

Caliel me sourit, ce qui me met un poil mal à l'aise, puis il s'approche. Sa main se lève et ses doigts touchent ma joue un instant fugace.

— Pense à moi et je te répondrai.

Avant de reculer, il m'observe de la tête aux pieds, comme s'il voulait graver une image de moi, ce qui me met de nouveau mal à l'aise. Je rougis, j'en suis certaine, surtout lorsque je vois Jeff lever les yeux au ciel.

— À bientôt, Deva.

— Heu… salut.

Il sort, accompagné par Jeff. Nous entendons des bribes de conversation, mais rien de concret. Je reste debout à fixer la porte, en jouant avec mon anneau, qui, je crois, est plus chaud dans ma paume.

Jeff revient. Il reprend place à la table, auprès de Morgane, et discute du contenu du carnet. Mes amis agissent de façon si normale, ça ma déroute. Je suis encore en train de me dire qu'un ange vient de quitter notre maison, qu'il nous a confié une mission importante et qu'une guerre qui inclut Lucifer, et sûrement tous les archanges, va débuter. C'est totalement fou, même pour nous qui côtoyons le surnaturel. Ce n'est pas tous les jours que nous faisons face à des enjeux aussi importants. Et puis je n'arrive pas à m'enlever de la tête ce sentiment étrange en présence de Caliel, cette sensation à moitié désagréable qui m'a parcourue tout du long. Encore maintenant, mon corps est fébrile, mon cœur en alerte et mon cerveau sens dessus dessous.

*« Je te répondrai. »*

Comment ? Par la pensée ? Je tremble à l'idée qu'il entre dans ma tête, qu'il voit son image dans mes songes et ce que j'ai retenu de lui.

— Deva ?

Morgane me sort de ma torpeur.

— Tout va bien ?

— Mis à part la visite de l'être ailé le plus canon que j'ai jamais vu, tu veux dire ?

Elle rit.

— T'en as déjà vu d'autres ?

— Les tableaux et les sculptures, ça compte ?

— On peut se mettre au boulot ? grogne Jeff.

Nous répondons par l'affirmative, puis je vais faire du café, car la nuit va être longue s'il faut dès maintenant se mettre en quête d'une épée forgée par le Tout-Puissant, disparue on ne sait où.

# Chapitre 6

*Une lueur vive vient réchauffer mon visage. Je crois que je ne me suis jamais sentie aussi bien qu'en cet instant. J'ai cette sensation d'être complète, que tout me réussit et que mon cœur est comblé. Je saisis l'anneau suspendu à mon cou. Je ferme les yeux pour me remémorer l'instant où il me l'a offert. Un moment parfait, durant lequel je me suis sentie aimée au-delà de l'imaginable. Les images défilent, d'abord lentement, plus elles accélèrent, jusqu'à ce que je ne puisse plus rien discerner à part une lumière blanche aveuglante, qui se termine en explosion.*

Je me réveille en sursaut en laissant échapper un hoquet de peur. Il me faut quelques secondes pour reconnaître mon environnement. Le salon. Je me suis endormie sur la table, le visage collé sur les pages du livre que je lisais. Je me frotte les yeux pour chasser le sommeil tout en essayant de garder en tête les images de ce rêve étrange. Mes songes sont toujours brouillons. Celui-là est différent : je me suis vue, réellement, et j'ignore si c'est mon imagination qui me joue des tours ou des réminiscences du passé.

Je tends l'oreille. Le silence règne dans la maison. Mon portable m'informe qu'il est presque midi, et mon dos, que j'aurais dû rejoindre mon lit au lieu de tomber d'épuisement sur ma chaise. Je récupère ma tasse de café froid, que je bois quand même en repensant à la soirée de la veille.

L'ange et sa mission.

J'ai encore du mal à me dire que tout est vrai, que nous nous sommes embarqués dans cette quête qui semble complètement folle. Morgane est excitée par cette perspective. Quant à Jeff, je ne sais pas trop ce qu'il pense. J'ai comme une drôle d'intuition en pensant à mon ami, ce n'est pas bon signe.

Je délaisse mon café froid ainsi que mes délires pour aller prendre une douche. Les autres sont allés se coucher aux alentours de 5 heures, ce matin. Jeff ne devrait plus tarder à émerger. Il n'a guère besoin de plus de sommeil. Un truc de soldat, paraît-il.

L'eau chaude de la douche me fait un bien fou. J'ai l'impression que nous n'avons pas arrêté depuis la soirée avec les démons, et si d'un côté j'adore ça, d'un autre je sais qu'il faut se ménager si on veut tenir sur la distance. Une fois propre, j'enroule mes cheveux dans une serviette et mon corps dans une autre. Je passe la main sur le miroir embué et découvre les cernes qui entourent mes yeux. Je fouille l'étagère où Morgane range son maquillage et trouve quelque chose qui devrait dissimuler les dégâts, au moins pour la journée. J'ai l'air plus humaine une fois la crème appliquée, plus réveillée surtout. Je perçois du bruit dans la cuisine : Jeff est levé. Le poste diffuse quelques airs de rock entrecoupés d'infos. Je file m'habiller dans ma chambre. C'est le bazar. Généralement, quand je viens là, c'est pour dormir et me changer. Je ne prends pas la peine de border le lit et je ramasse le linge seulement quand il est temps de faire une machine. Morgane ne supporte pas cette vision bordélique. Dans son antre, tout est bien organisé. Je fixe un instant les murs vides. Il n'y a rien de personnel ici, rien qui me rappellerait ma famille ou ma vie. Parce que je n'ai rien. C'est peut-être pour ça que je ne me sens pas à l'aise dans cette pièce, parce qu'elle est vide d'histoires, de vécu, de ce qui est normal pour les autres et que je n'ai pas.

Je rejoins Jeff avant de commencer à me morfondre.

— Salut, je lance gaiement.

Il hoche la tête et marmonne un truc qui ressemble à un « bonjour » en versant les œufs dans nos assiettes.

Je prends le café et le jus d'orange, puis nous nous installons pour manger. Il reste silencieux jusqu'à ce que son estomac soit plein.

— T'as dormi ? m'interroge-t-il.

— Oui, quelques heures.

Lorsqu'il s'étire, je me dis que c'est le bon moment pour tenter de percer à jour mon mentor et son ambiguïté concernant Caliel.

— Tu m'expliques ?

— Quoi ?

— L'ange.

Jeff hausse les épaules, l'air de rien.

— T'étais là, il me semble.

— Justement, ta réaction m'intrigue.

— Ma réaction ? Tu veux dire celle que j'ai eue face à un ange qui nous annonce qu'une guerre se prépare et qu'on doit trouver l'arme fatale pour l'emporter ?

J'acquiesce, même si, dit de cette façon, le comportement approprié semble tout simplement de fuir en hurlant.

— Désolé, j'ai pas de réaction préétablie pour ce genre d'événements.

Il fixe la table. Je le sens énervé. J'ignore si c'est parce qu'il cache quelque chose ou parce que je l'agace à douter de lui.

— On aurait dit que tu le connaissais, je poursuis. Tu ne l'as pas chassé, tu n'as même pas remis sa parole en doute.

— Tu l'as très bien fait pour nous deux.

— Jeff…

Il se lève d'un coup, si vite que la chaise manque de finir par terre.

— Tu me fatigues, Deva. Tu ne crois pas qu'on a d'autres chats à fouetter ?

Son regard se fait plus dur. Je devrais lui faire remarquer que son comportement m'enfonce un peu plus dans la perplexité, mais je préfère m'abstenir dans l'immédiat. Il a raison, nous avons d'autres choses à faire.

* * *

J'ai relégué les doutes dans un coin de ma tête pour me concentrer sur nos recherches. Morgane a étudié le carnet de notes que Caliel nous a laissé. Avec sa superbe calligraphie, il a retranscrit son parcours, ses embûches, et énuméré les personnes qu'il a pu croiser en les catégorisant soit comme alliées, soit comme ennemies. Cette dernière liste est très longue : beaucoup de monde court après cette épée, et leurs intentions sont sans doute tout sauf bonnes. L'arme a un pouvoir en provenance directe du Tout-Puissant, ce qui en fait, comme le dit si bien Jeff, « l'arme fatale » par excellence.

Nous déposons Morgane au bar de Jesse pour qu'elle ne soit pas seule à la maison. Je suis certaine qu'elle a compris notre manège. Cela dit, elle n'a pas rechigné non plus face à ce plan. Après ça, nous prenons la route pour aller visiter la dernière demeure de l'épée. C'est une grande propriété qui ne semble plus gardée, située à une cinquantaine de kilomètres avant Seattle. Le propriétaire étant mort, rien d'étrange à cela. Les héritiers ont dû s'empresser de vider les lieux du contenu de valeur pour mettre en vente la demeure. Nous ne peinons pas à entrer. La grille est cadenassée, mais nous parvenons à escalader le mur d'enceinte. Le jardin est immense et très silencieux. J'ai l'impression que même les animaux ont déserté la place depuis que la mort a frappé.

La maison apparaît après des dizaines de mètres de marche. Une sorte de manoir se dresse devant nous, et c'est à cet instant que la pluie s'en mêle. Le ciel noir déverse des trombes d'eau. Sous l'orage, cette bâtisse prend des airs sacrément flippants avec ses gargouilles au toit et ses vitraux.

Jeff grimpe les marches et tente d'ouvrir la porte principale, mais, bien entendu, elle est verrouillée. Nous faisons le tour rapidement – quelques secondes suffisent à nous tremper –, puis nous trouvons une fenêtre accessible, que je m'empresse de briser pour me mettre au sec.

La pièce dans laquelle nous atterrissons est immense mais vide. On se croirait dans une salle de bal avec les miroirs aux murs et les fresques au plafond. L'homme qui vivait là était un héritier des chemins de fer américains, un rentier qui, selon Caliel, a acquis un grand nombre d'œuvres d'art et d'objets qui auraient mérité leur place dans un musée. J'espère que la famille pensera la même chose.

Nous sortons de la salle des glaces. Même si la maison semble vide, nous restons prudents. Nous avançons à pas de velours sur le parquet grinçant, nos armes au poing. Nous atteignons l'entrée. Un grand escalier nous fait face. Pendant que nous le gravissons, mon instinct s'éveille. Il y a quelque chose de mauvais entre ces murs. Je le sens. Peut-être n'est-ce que le meurtre du propriétaire qui noue mes tripes, mais ce sentiment me rend autant mal à l'aise que méfiante.

Nous parvenons à l'étage. Jeff est devant moi. Il est aux aguets, les sens en alerte, et je retrouve mon ami, celui que je connais, dans ce comportement. Nous nous apprêtons à longer le couloir lorsque apparaît ce qui me chagrine depuis que nous sommes ici. Je baisse mes armes et jure.

Une sorte de boule lumineuse se cogne contre les murs. Le fantôme remarque notre présence et stoppe son manège pour foncer sur nous. Nous ne bougeons pas. Nous sommes habitués à les côtoyer. Cela dit, celui-ci est en rogne. Les fantômes sont des âmes perdues, des auras qui illuminent les lieux par leur forme spectrale jusqu'à ce qu'ils trouvent l'apaisement et quittent ce monde pour le prochain. Celui-ci passe sur nous avec rapidité. Nous supposons que c'est un moyen pour eux de détecter d'éventuels ennemis. La lueur s'arrête derrière moi. Je tends la main. J'adore sentir cette brume froide sur ma peau. C'est agréable, comme si de la sérénité m'était injectée directement sous la peau. Le fantôme s'agite et je me dégage.

— L'énerve pas, gronde Jeff à mes côtés.

— Ça doit être le propriétaire.

— Sûrement, vu la façon dont ses jours se sont finis.

Le nuage s'adoucit. Il vient frôler Jeff pour confirmer ses dires, puis sa folie le reprend. Il doit revivre son meurtre, encore et encore, et ça l'enrage.

— Je crois qu'il veut nous dire quelque chose, hasarde Jeff.

Nous le suivons dans le couloir. Il nous mène jusqu'à une porte close. Jeff l'ouvre et nous découvrons le lieu du crime : son bureau. Le fantôme s'agace.

Jeff entre. Je le suis, mais très vite une sensation désagréable m'empêche d'aller plus loin. Je sens quelque chose. Pas vraiment une présence, mais comme une décharge dans ma tête qui met mes sens en éveil.

— Jeff, ça sent le démon là-dedans.

Le fantôme virevolte autour de moi, comme pour confirmer. Je me demande qui l'a tué et qui nous allons devoir pourchasser pour qu'il puisse quitter ce monde. Les fantômes sont des âmes retenues sur Terre par l'absence de justice. La plupart sont des victimes de meurtre qui attendent qu'on trouve le coupable et qu'il soit puni, pour enfin être libérées. Jeff est entré seul dans le bureau pendant que je suis resté faire le guet, le fantôme me tenant compagnie.

— Deva ?

— Oui ?

— Il y a des traces de démons à l'intérieur, des cendres.

— Je m'en doutais. Ils sont venus pour l'épée ? je pose la question en me tournant vers le fantôme.

Il devient un peu plus fou et les murs de la demeure se mettent à trembler.

— OK, on va vous aider. Jeff, on doit le calmer pour qu'il reprenne forme humaine.

— C'est pas gagné, grogne Jeff, il est remonté.

— On a besoin de ses réponses, même si elles sont…

J'ignore comment les qualifier. Je me contente de faire des gestes que Jeff comprend.

— Et tu comptes faire quoi, au juste ? Lui montrer des photos de démons jusqu'à ce que vous trouviez le bon ?

— T'as une meilleure idée ?

Les vidéos de surveillance ont été prises par la police. Le fantôme est notre seule chance de découvrir ce qu'il s'est passé, sans compter qu'on ne peut pas le laisser errer indéfiniment : il a besoin de reprendre sa route et de quitter ce monde.

— On devrait le laisser tranquille dans l'immédiat. On reviendra pour lui parler quand il aura retrouvé son calme.

Je ris en acquiesçant. Sa coopération est notre seule chance de comprendre ce qu'il s'est passé.

— On va revenir, Archibald, je l'informe en me souvenant de son prénom.

Il semble ravi.

— Allez, on va résoudre votre meurtre, trouver cette épée, et tout rentrera dans l'ordre.

# Chapitre 7

Le calme règne dans le pick-up. Chacun est plongé dans ses pensées. Les miennes me ramènent au fantôme, et je me demande quelle vie a eue cet homme. Sûrement pleine d'aventures : il a dû vagabonder dans le monde entier pour enrichir sa collection, et probablement que, comme nous, il a été confronté au surnaturel. Il a su faire face, jusqu'à ce que ça devienne trop gros pour lui. Qui l'a tué parmi la multitude d'ennemis du paradis qui recherchent cette épée ? Comment s'est-il senti en la tenant ? On parle d'une arme forgée par le Tout-Puissant en personne. La puissance doit être démente.

Je suis sortie de mes pensées par Jeff, qui jure et se gare sur le bas-côté.

Nous sommes presque à Everseed. Je reconnais la ferme de Melody, qui est en train de partir en fumée.

Nous ne perdons pas de temps pour descendre, avec Jeff, puis nous courons jusqu'aux flammes qui dévorent hargneusement la demeure et ses dépendances. Nous

nous arrêtons à quelques mètres. Le feu a déjà ravagé tout le premier étage. Impossible d'entrer sans mourir étouffé par la fumée qui, même à cette distance, me brûle la gorge.

— Qu'est-ce qu'on peut faire ?

À part appeler les pompiers… Jeff saisit son portable et compose le numéro d'urgence.

Je fais le tour de la demeure pour trouver un accès. Je suis certaine que Melody est là. C'est une casanière qui quitte rarement sa ferme. La porte qui donne sur la cuisine est ouverte. Peut-être qu'elle a eu le temps de sortir. Un chien aboie derrière moi. Je me retourne sur l'animal et remarque qu'il jappe furieusement sur un homme accroupi dans l'herbe, face à un corps… inerte.

Je me précipite, suivie de près par Jeff, qui a réussi à joindre les soldats du feu.

L'homme nous a entendus approcher et, sans se retourner, tend une main pour nous stopper. Je m'exécute bêtement en sentant la peur me saisir. Le corps allongé, c'est Melody ! L'homme répète « respire » tout en faisant un massage cardiaque à la victime. Je vois le corps frêle de la jeune femme se faire écraser par les grandes mains de celui qui tente de la sauver. Les secondes passent. Le chien aboie toujours et le temps semble se figer. J'ai l'impression de percevoir ce cœur qui ne bat plus, de le sentir dans mes tripes, et quelque chose me dit que c'est fini, qu'il est trop tard. L'abattement me gagne. Il n'y arrivera pas. C'est impossible. Je le sais. Et pourtant, le miracle se produit. Melody inspire comme si on venait de la tirer d'un cauchemar, puis elle tousse et l'homme l'aide à se redresser. Le chien est fou de joie de revoir sa maîtresse en vie. Il ne perd pas de temps pour aller lécher son visage et lui faire la fête. Je ris en sentant la pression redescendre dans mon corps. Elle est en vie ! L'homme lui conseille de respirer calmement en mettant sa tête entre ses genoux, puis il se lève et se tourne vers nous.

— Elle va s'en tirer, dit-il.

Son visage est couvert de suie. Pourtant, ça ne m'empêche pas de le trouver canon. Un grand brun d'une vingtaine d'années, à vue d'œil, à la carrure sportive, des yeux sombres qui s'accordent à merveille avec le reste de sa personne vêtue de noir. Il est… surprenant.

Lui aussi me reluque comme si j'allais être son prochain rencard.

— Zac Hudson, se présente-t-il en me tendant sa main.

Je la serre machinalement en fronçant les sourcils face à la drôle de mimique qu'il arbore, un mélange entre sourire et grimace.

— Deva. Qu'est-ce qui vous arrive ? je demande en pensant qu'il est peut-être blessé.

Il se fige, penche la tête et me regarde un peu plus franchement, comme un gosse devant un problème de maths insoluble. Je ne suis pas sûre d'apprécier cette attention, surtout qu'il a gardé ma main dans la sienne.

— Vous êtes médecin ? l'interroge Jeff.

Zac me relâche enfin, sans pour autant détourner le regard.

— Oui. Une chance que je sois passé par là.

— Effectivement.

Jeff est soupçonneux, comme avec tous les gens que nous croisons, encore plus quand un drame vient de se jouer sous nos yeux. Je délaisse les hommes pour rejoindre Melody, toujours assise sur la pelouse. Une main sur sa poitrine, elle tente de reprendre son souffle tout en calmant son chien avec des caresses.

— Ça va aller, les secours arrivent.

— J'ai eu si peur… s'il ne m'avait pas sortie de là, je serais…

Un sanglot lui échappe. Je la rassure en lui disant qu'elle ne doit pas penser à ça. Le plus important, c'est qu'elle s'en soit tirée.

Les sirènes se font entendre au loin, puis tout va très vite. Les lances à incendie sont déployées sur la propriété. Melody va être emmenée dans une ambulance. Elle me fait promettre de prendre soin de son chien, Pitbull, et j'accepte pour ne pas lui causer plus d'inquiétude. Elle vient de tout perdre, et le bichon est tout ce qui lui reste. Nous sommes interrogés, mais ni Zac, ni Jeff, ni moi ne savons ce qu'il s'est passé.

Nous retournons à la voiture et je remarque que Zac n'en a pas. Or, dans ce coin perdu, à moins d'y habiter, tout le monde circule en véhicule.

— Vous êtes garé où ? demande Jeff d'un ton tout sauf amical.

Zac ne se démonte pas. Son assurance est autant séduisante qu'agaçante, comme tout à l'heure lorsqu'il a raconté son exploit héroïque.

— Je suis tombé en panne à quelques kilomètres.

— Vous vivez dans le coin ? je me surprends à demander.

— Oui, à Everseed. Je viens de m'installer.

— En tant que médecin ?

Il sourit, et cette fois sans grimace difforme, ce qui le rend vraiment séduisant, même décoiffé et le visage couvert de suie. J'écoute d'une oreille distraite sa conversation avec Jeff pendant que je l'observe plus attentivement. Mon instinct me dit que cet homme est un aimant à femmes et que son apparition, au moment de l'incendie, est trop belle pour être une coïncidence.

Quand on est Protecteur, on ne croit plus à la chance : il y a toujours des raisons derrière les actes. Je me demande quelles sont celles de Zac.

— Deva ?

Je sursaute et accorde mon attention à Jeff sans rater les ricanements de l'adonis qui se tient à ses côtés.

— Quoi ?

— On y va ?

— Heu… oui. On vous dépose ?

Jeff soupire.

— Je viens de lui demander.

J'attrape Pitbull, qui n'est pas super coopératif, et nous grimpons tous les trois dans le pick-up. Je me retrouve entre les deux hommes. Le chien, à nos pieds, ne cesse d'aboyer contre Zac.

— On part à deux, on rentre à trois et demi, grogne Jeff. Je vais finir par ouvrir un refuge.

Je ris et récupère le chien des mains de Zac, qui tentait de le calmer.

— Il devrait plutôt me remercier d'avoir sauvé sa maîtresse.

— Qui sait, peut-être qu'il tentait de s'en débarrasser et que vous avez déjoué ses plans.

Zac me lance un regard énigmatique, suivi d'un sourire en coin très craquant.

— Je pensais à des démons, mais pourquoi pas un chien *serial killer*, après tout.

J'écarquille les yeux et dévisage notre invité. Coïncidence… Mon œil, il en sait trop sur le surnaturel !

Je ne réponds pas immédiatement. À la place, je tente d'entrer dans sa tête. Mon énergie se déploie vers lui. Il n'a pas l'air de sentir mon intrusion et je peux tranquillement farfouiller dans les méandres de son esprit. Je vois des corps, des victimes, encore et encore, et lui qui essaie de les guérir, mais pas avec de la médecine traditionnelle. Plutôt avec une sorte de pouvoir. Je vois des femmes, aussi, des tonnes de femmes emportées par le plaisir alors qu'ils font l'amour. Je vois tellement de visages que j'en perds la tête et ma concentration. Je quitte son esprit, et la dernière image que je perçois, en provenance de ses pensées, c'est mon reflet.

— Tu n'es pas médecin, j'affirme, la voix faible témoignant de la fatigue qui me prend.

— Tu m'as démasqué.

— Qu'est-ce que tu es, dans ce cas ?

Je n'ai pas le souvenir d'avoir croisé une créature capable de soigner de cette façon. Peut-être que les anges ont ce genre d'aptitudes…

— Un ange ?

Il rit franchement, avant de redevenir sérieux en me servant un regard noir.

— On m'a qualifié de beaucoup de choses, au cours de ma vie, mais jamais d'ange.

Qu'est-ce que cela signifie ? Que c'est le diable en personne ? À ce stade, plus rien ne m'étonnerait. Néanmoins, après avoir visité son esprit, je ne pense pas qu'il soit du mauvais côté de la balance, même si je ne lui accorde pas ma confiance.

— Je suis… un magnétiseur, on va dire. Je n'ai pas vraiment de définition appropriée. J'ai un pouvoir qui me permet de soigner les gens victimes des forces surnaturelles et je m'en sers.

Le silence s'abat dans l'habitacle – même Pitbull s'est endormi –, et je fixe Zac en cherchant à comprendre ce qui m'intrigue en lui, ce qui déclenche cet élancement dans mon ventre et qui n'a rien à voir avec le désir.

— Ceux qui ont mis le feu sont donc des êtres surnaturels ? questionne Jeff, qui a plus suivi les dires de Zac que moi.

— Je pense que oui.

— Qui s'en prendrait à Melody ? je m'étonne.

Ce n'est pas le genre de femme à se mêler d'histoires de démons.

— Bonne question, soupire Zac.

Nous arrivons au bar de Jesse. Tout le monde descend. Je récupère même Pitbull afin qu'il ne reste pas seul.

—Merci de m'avoir emmené jusqu'en ville.

—De rien. On devrait échanger nos numéros au cas où on aurait besoin de vos services.

Jeff rit derrière moi. Je ne vois pas ce qu'il y a d'étrange. Les dons de Zac peuvent être un sacré atout dans notre quête, surtout depuis que nous avons un fantôme en rogne et une femme à l'hôpital.

—Bien sûr.

J'enregistre son numéro dans mon portable et note le mien sur un morceau de papier comme il n'a plus de batterie sur le sien. Ce qui explique qu'on a dû l'emmener jusqu'ici et qu'il errait sur la route après sa panne.

—À bientôt, Deva, dit-il en refaisant cette moue étrange.

—Pourquoi vous faites ça ?

—Quoi ? répond-il en reprenant sa contenance.

—Ce sourire étrange.

—Mauvaise habitude.

Il nous salue et quitte le parking pour le centre-ville. Je l'observe en serrant Pitbull, qui s'est réveillé, dans mes bras. Cet homme est bizarre, il dégage quelque chose qui me laisse pantoise.

—On y va ?

Jeff s'impatiente. Je dépose Pitbull au sol et nous rentrons dans le bar pour raconter à nos amis cette folle journée.

L'endroit n'est pas trop peuplé : quelques clients et Morgane, attablée devant son PC, qui tape frénétiquement sur son clavier. Nous nous installons à ses côtés, et le chien se cale sous ma chaise.

— Oula ! C'est quoi, tout ça ? m'interroge mon amie.

Je lui relate les événements pendant que Jesse nous sert à boire, puis elle nous rejoint et je recommence une nouvelle fois afin que tout le monde ait bien toutes les infos.

— Pourquoi baptiser un bichon « Pitbull » ? questionne la barmaid.

— De tout ce que je t'ai raconté, c'est la seule chose qui te chagrine ?

— Ben oui, c'est bizarre. Ce genre de chien s'appelle Pioupiou, Chouchou ou Titi, mais pas Pitbull.

Je lui adresse un regard blasé alors que Morgane renchérit :

— J'en ai connu un qui se nommait Jean-Charles.

— Tu vois, ça ne lui va pas, on devrait le rebaptiser.

— On ne va rien faire du tout. Dans quelques jours, il retourne auprès de sa maîtresse.

Jesse lève les bras en signe de défense face à mon ton agressif.

— Désolée, longue journée.

— J'imagine. Et ce Zac, alors, il ressemble à quoi ?

— Vous allez vraiment vous concentrer sur ce qui n'a pas d'importance ?

— Elle a craqué pour lui, lâche Jeff.

Je hausse les sourcils. Depuis quand il se soucie de ce genre de chose ?

Morgane s'enflamme alors que je fusille mon ami du regard et que ce lâche bat en retraite au bar.

— Vous m'appelez lorsque vous serez décidées à discuter de l'affaire.

— Ben, c'est maintenant, je m'empresse de rétorquer.

— Non, non, le fantôme peut attendre. Raconte-nous d'abord l'histoire du magnétiseur.

Jeff s'en va en riant pendant que Morgane me fixe avec des iris brûlants d'excitation. J'ai l'impression de rêver. Même Jesse paraît intéressée par cet homme qui, je ne l'admettrai jamais devant elles, m'a fait un drôle d'effet.

# Chapitre 8

*Trois jours plus tard.*

Nous stagnons. Je déteste cette sensation d'inutilité. Morgane passe son temps avec le fantôme, qu'on surnomme désormais affectueusement Archie, mais ça ne sert à rien. Elle a réussi à le calmer afin qu'il reprenne une forme humanoïde, mais ses souvenirs sont trop flous, si bien qu'il ne reconnaît aucun des démons que nous lui avons montrés – sans compter qu'il les a sûrement vus sous leur forme humaine. Autant chercher une aiguille dans une botte de foin. Nous n'avons aucune piste, et ça m'énerve. L'épée est entre les mains de nos ennemis, et peut-être même dans celles de Lucifer. M'imaginer échouer dans cette quête me fout en rogne. Je suis de sale humeur ces derniers temps et mes amis en paient les conséquences. Jeff m'a renvoyée de notre entraînement parce que je n'étais pas concentrée et que je laissais ma colère me dominer. Je suis au bar. Au moins, ici, on ne me reproche rien.

En vérité, c'est contre moi que je suis agacée, contre mon impossibilité à relever ce défi. Nous n'avons pas le droit d'échouer, sinon c'est la Terre qu'on pourrait perdre. Normalement, la pression me rend meilleure ; ici, elle m'accable. C'est peut-être trop gros. Peut-être que Caliel ne s'est pas adressé aux bonnes personnes. Nous sommes démunis face à des forces qui ont une longueur d'avance, et même si notre équipe est douée, elle reste humaine.

Je laisse ma tête percuter le comptoir du bar en soupirant.

— Dure journée ? demande une voix à ma droite.

Je me redresse en reconnaissant ce ton.

Zac.

Il hausse un sourcil en me fixant, les mains dans les poches de son jean noir. Zac s'assoit à mes côtés sans y être invité.

— Tout va bien ? poursuit-il face à mon mutisme.

— Oui, et toi ?

Il sourit, de cette façon étrange que je ne comprends pas. Zac commande deux bières et nous trinquons. Nous ne disons rien durant plusieurs minutes. Je lui jette des regards à la dérobée. Il est canon, encore plus lorsqu'il est propre et mal rasé.

— Alors, quoi de neuf? je l'interroge.

— Qu'est-ce qui se passe dans le coin ?

— Quoi ?

— Il y a beaucoup d'humains blessés par des forces surnaturelles, c'est pas normal.

Je ris. Qu'est-ce qui est normal à Fallen Road ?

— Tu as été occupé, alors ?

— Pas mal, oui.

— C'est comme ça ici.

Zac boit quelques gorgées de sa bière. Je le regarde faire ce geste tout simple, qu'il exécute avec aisance. Je secoue la tête pour m'éclaircir les idées.

— Des nouvelles de Melody ?

— Oui, elle devrait sortir d'ici quelques jours.

— Bien. Tu sais ce qui s'est passé chez elle ?

Je m'apprête à répondre lorsque je me rends compte de ma bêtise. Nous nous sommes concentrés sur Archie et nous avons omis de nous intéresser à la maison de Melody. Pourtant, nous savons que ce n'est pas une attaque humaine. Des démons étaient dans le coin, et c'est possiblement une nouvelle piste.

— Non, aucune idée, je finis par répondre.

— On en apprendra peut-être plus à sa sortie.

— On ?

— Je l'ai sauvée, et j'aimerais bien savoir de quoi.

Je ris. L'humilité ne semble pas faire partie de son caractère.

— D'où tu viens, Zac ?

— D'un peu partout, je voyage pas mal.

— T'as dû voir beaucoup de trucs étranges.

Il hoche la tête, mais ne dit rien. Pourtant, il semble évident que je le pousse afin qu'il se confie à moi.

— Et toi, dit-il, qu'est-ce que tu fais dans ce coin du monde qui semble attirer toutes les forces du mal ?

— Je tente de les combattre, justement.

— Tu es une Protectrice ?

— Oui.

— J'en ai croisé quelques-uns au cours de ma carrière de magnétiseur

J'aime sa façon de dire les choses. Il parle de sa carrière comme s'il avait cent ans. Or, je ne lui en donne pas plus de trente.

— Raconte-moi une expérience insolite, je poursuis.

Il réfléchit quelques secondes. J'en profite pour le reluquer à outrance tout en pensant à l'ange qui a débarqué chez nous il n'y a pas si longtemps. Le coin devient intéressant en ce qui concerne les spécimens masculins.

Je remarque que Zac fixe ma poitrine – pas spécialement mes seins, mais plutôt mes doigts, qui jouent avec mon anneau.

— Il y a quelqu'un dans ta vie ?

— Pardon ?

— Est-ce que tu as un mec, Deva ?

— Non, je ris.

Mon célibat semble le soulager.

— Alors ? j'enchaîne pour ignorer l'intérêt qu'il porte à ma vie amoureuse.

— Quoi ?

— Tu me racontes ?

— Hum, une attaque d'Iblis Megascolides ?

— Déjà vu.

— Un serpent chtonien ?

J'en reste sans voix, ce qui amuse Zac et lui redonne de l'assurance. Je n'en ai jamais vu encore, mais Jeff, oui. Il m'a raconté comment il était parvenu à neutraliser le serpent géant qui terrorisait les automobilistes.

— Tout un village confiné en Europe de l'Est, impressionnant. C'est un Protecteur comme toi qui en est venu à bout.

— En lui coupant la tête ?

— Exactement.

On poursuit la soirée en se racontant d'autres anecdotes sur les créatures auxquelles nous avons eu à faire face. Même si je le trouve un brin trop prétentieux, Zac se révèle agréable. Il réussit à me faire oublier ma mauvaise humeur de fin de journée.

Il est tard lorsque je décide de partir. Le bar s'est vidé petit à petit. Jesse n'est pas là ce soir, elle est chez moi pour bosser avec Morgane. J'aime qu'elles soient ensemble, et peut-être que mon absence leur aura permis de se rapprocher.

— Je vais y aller, j'annonce. Merci pour les bières et cette soirée.

— Je t'en prie. Tu me déposes ?

Nous sortons. Il n'y a plus que ma voiture sur le parking.

— Tu t'es installé où ?

— Au motel, sur Main Street.

— C'est à moins d'un kilomètre.

— Oui, mais il pleut.

— Il ne…

La pluie se met à tomber, d'un coup, avec violence.

Je regarde Zac avec étonnement. En plus d'être magnétiseur, il dirige aussi les éléments ?

— Super pratiques, ces applications météo, dit-il en agitant son téléphone.

Il quitte le porche pour courir en direction du pick-up, dans lequel il s'engouffre sans même attendre mon autorisation.

Je le suis et arrive trempée à l'intérieur, après quelques mètres sous la pluie diluvienne.

— Je n'ai pas dit « oui », je précise.

— Tu ne comptes pas me laisser marcher sous la pluie ?

— Probablement que non, mais on ne le saura jamais, puisque tu n'as pas fait l'effort de demander.

— Deva… soupire-t-il.

Un frisson me gagne alors qu'il dégage ses cheveux mouillés de son visage. Je me dis que c'est le froid, la pluie… Pourtant, j'ai juste envie de lui demander de redire mon prénom de cette façon et de refaire ce geste ultra-sexy lorsque c'est lui qui l'exécute.

— Tu n'as pas dû entendre beaucoup de « non » dans ta vie.

Je démarre en chassant l'image de Zac trempé alors qu'il rit.

— J'ai l'impression que tu me connais bien.

Je me tourne vers lui. Son sourire fier, accompagné de son clin d'œil, me fait fondre un peu plus.

— Oui, et je crois que tu es irrécupérable.

J'engage la voiture sur la route, mais la nuit, ajoutée à la pluie, rend la visibilité mauvaise et je roule à une allure d'escargot.

— Si tu voulais passer plus de temps avec moi, il suffisait de le dire, Deva. Je ne suis pas du genre à refuser la compagnie d'une belle femme.

— Je n'y vois rien, je me justifie.

Je repense à ce que j'ai découvert en sondant son âme, tous ces visages et ces corps passés dans son lit.

— Tu es pressé ? je le questionne.

Peut-être que quelqu'un l'attend dans sa chambre.

— Non, j'aime bien traîner avec toi. Tu es… intrigante.

J'en reste sans voix un moment, le temps d'arriver à son hôtel et de me garer devant l'entrée.

— « Intrigante » ? je reprends.

— Pourquoi tu as l'air choquée ?

— Je ne sais pas comment l'interpréter.

— Comme un compliment.

Je dois rougir, stupidement, parce que c'est beau, comme compliment. Je préfère celui-là à ceux qu'on pourrait faire sur mon physique.

— Merci.

La pluie cesse pendant qu'on se dévisage, avec Zac. L'habitacle devient subitement étouffant de chaleur. Je l'imagine se pencher vers moi et m'embrasser. Des images de nous, laissant aller nos corps dans cette cabine exiguë, me font me trémousser. Il sourit en coin, et revient sur son visage cette mimique étrange qui le prend régulièrement et qui brise l'instant.

— C'est vraiment très bizarre, ce truc, dis-je en désignant sa bouche.

Il se reprend immédiatement et affiche un air songeur.

— Oui, très, murmure-t-il.

Sans plus attendre, il ouvre sa portière et descend.

— À bientôt, Deva.

— Bonne nuit, Zac.

J'attends quelques secondes, juste pour le plaisir de le regarder marcher. Il a une démarche assurée, qui correspond à son caractère, comme si aucun danger ne pouvait se mettre sur sa route. Je ris de ma stupidité à fantasmer sur un mec qui marche sur un parking, puis je repars pour rentrer à la maison, et peut-être trouver une solution à la fin du monde.

* * *

Je ne rentre pas chez nous. Je fais le tour pour rejoindre l'arrière, là où je trouverai Jeff. Il est assis dans le fauteuil, une bière à la main. Je m'installe sur les marches, dos à lui, et nous profitons quelques instants de la nuit calme.

— Ça va mieux ? m'interroge-t-il au bout d'un moment.

— Tu veux savoir si je suis calmée ?

— Ouais.

— Désolée, j'ai du mal à gérer cette pression.

— Ce n'est pas la première fois, pourtant.

— Qu'on a le sort du monde entre les mains ?

— OK, dit-il en riant, c'est la première fois.

Je m'appuie contre la rambarde pour le regarder. J'inspire. L'air sent encore la pluie qui a inondé le jardin.

— On devrait se concentrer sur Melody. Après tout, sa maison a subi une attaque de démons.

— Bonne idée, mais elle est en ruine, me répond Jeff.

— Je sais. On devra l'interroger quand elle sera sortie.

— On peut toujours essayer.

— Sinon, on peut aller braquer le commissariat et dérober les cassettes de vidéosurveillance de la maison d'Archie.

— Deva, c'est trop dangereux et impossible : c'est gardé comme Fort Knox.

— Il y a toujours une faille. Et quand toutes les portes se ferment, on doit prendre la seule qu'on est capables d'ouvrir, même si c'est risqué. On a Morgane, elle pourra contrer tous les systèmes, et Jesse pourrait nous trouver un truc qui… je ne sais pas, moi… ferait oublier notre présence au personnel.

Jeff se lève. Il s'approche de moi en riant.

— Qu'est-ce que t'as fait ce soir pour avoir autant d'idées ?

Je me suis détendue, j'ai laissé les questions de côté pour profiter, le temps d'une soirée, d'être sans objectif capital. Zac m'a fait du bien, nos discussions aussi. Relâcher la pression, être ailleurs juste quelques heures a suffi à me remettre d'aplomb. À envisager les choses sous différents angles. Morgane me le dit souvent : parfois, prendre du recul est nécessaire pour obtenir une meilleure évaluation de la situation. Je suis trop bornée quand j'ai la tête dans le guidon. Je ne la relève jamais, sauf si on m'y force, comme ces derniers temps par manque d'indices.

Je me lève, puis inspire un grand coup pour faire face à Jeff.

— Demain, on attaque.

Je plante mon ami et rentre. L'envie d'une douche et de mon lit me prend, et peut-être qu'avec cette nouvelle résolution, je ne ferai plus de mauvais rêves.

# Chapitre 9

Je me dirige vers la cuisine, attirée par l'odeur de café qui envahit la maison. Je découvre Jesse, qui prépare le petit déjeuner.

— Salut, dis-je en souriant, ravie de voir qu'elle a passé la nuit ici.

— Deva, soupire-t-elle devant ma mine réjouie, j'ai dormi sur le canapé.

Je m'installe à table en riant.

— Moi, je n'ai rien dit.

— Tu l'as pensé tellement fort.

— Pas du tout, je ne tire aucune conclusion hâtive.

— Bien sûr.

Elle me rejoint avec deux tasses de café et assez de pancakes pour un régiment. Je bois quelques gorgées pour achever de me réveiller. J'ai gambergé toute la nuit en compagnie de Pitbull, qui n'a pas quitté mon lit. Ce chien prend trop ses aises et j'espère que Melody aura quelque part où vivre à sa sortie d'hôpital. Jeff ne supportera pas une colocataire de plus, surtout avec le chien.

— Quand est-ce que tu vas…

Je n'ai pas le temps de terminer ma phrase. Morgane arrive. Elle nous salue avant de s'installer à nos côtés. Jesse me sourit par-dessus sa tasse, ravie d'échapper à la conversation que j'allais amorcer.

— Où est Jeff ? J'ai un truc à vous dire.

— Dehors, il voulait prendre son café au calme.

— Notre gros nounours en a marre de tout ce monde dans la maison, m'informe Morgane.

Ça ne m'étonne pas. Jeff aime sa tranquillité, et habituellement, avec Morgane qui passe les trois quarts du temps sur ses écrans et moi qui ne parle pas beaucoup, il est plutôt servi. Je siffle, ce qui fait jurer les deux femmes et aboyer le chien. Jeff revient et je sens que ça va être une bonne journée.

— Qu'est-ce que t'as à siffler comme ça ? demande-t-il, bougon.

— C'était pour te faire rentrer

— Je ne suis pas un foutu clébard.

— Peut-être, mais ça marche.

Je ris pendant qu'il marmonne des trucs incompréhensibles, puis je vais dans la chambre de Morgane pour en sortir le grand tableau blanc qui lui sert pour faire ses codes. Je gagne le salon avec et demande à tout le monde de me rejoindre. Même Pitbull est de la partie, sur le canapé, entouré de Jesse et de Morgane alors que Jeff prend une chaise.

— Bon, je me lance. J'ai réfléchi cette nuit et je pense que c'est notre ultime chance de découvrir ce qui est arrivé à Archie.

J'attrape le feutre et écris en haut le titre de la mission : « Braquer le commissariat de Marysville ».

— T'es tarée, ricane la barmaid.

— On n'a pas le choix, je devance les autres. Archie, sans vouloir le vexer, n'est d'aucune aide. On stagne, et si on veut un début de piste, on doit voir comment ils ont agi et peut-être qu'on pourra découvrir quel démon est derrière tout ça.

Ce n'est qu'une supposition, mais c'est la seule. Et j'en ai marre de rester sans rien faire à gamberger.

— Pourquoi il n'a pas modernisé son système de sécurité ? gronde Morgane à l'adresse du fantôme absent. On n'en serait pas là si tout avait été sur disque dur.

Morgane s'en veut immédiatement de son reproche. Je crois qu'elle s'est attachée au fantôme à force de lui rendre visite.

— Bon, si tout le monde est d'accord, voilà le plan.

J'inscris les objectifs de chacun sur le tableau.

— Morgane, la sécurité. Il faut que tu puisses pénétrer dans leur système pour : un, nous orienter, deux, tout effacer après notre passage, et trois, nous trouver un créneau pour entrer quand il y a le moins de monde possible. Jesse, il nous faut, si possible, un truc qui endorme le personnel. On se contentera du gaz qu'on a utilisé sur les jeunes de la grange si tu ne trouves rien d'autre. Jeff, le matériel. Et moi, je vais m'occuper du véhicule.

Je m'écarte du tableau pour vérifier que tout est bien inscrit. J'écris très mal, mais c'est lisible, c'est le plus important.

— Des questions ?

— Oui, lâche Jeff. Qu'est-ce que tu entends par « je m'occupe du véhicule » ?

— Et bien, heu… je vais voler une camionnette.

— Deva ! s'insurge faussement Jesse.

— Dans un garage, et on la rendra ensuite.

— Toi, tu vas voler quelque chose ?

Ils se mettent tous à rire. OK, il y a de quoi. J'ai un problème avec tout ce qui est illégal quand ça ne touche pas notre lutte contre les forces du mal et je me refuse à commettre des crimes sous prétexte d'arriver à nos fins. Néanmoins, ici, je ne vais faire de mal à personne. Je ne vais pas priver un concitoyen de son moyen de transport et j'ai bon espoir que nous le rendrons en bon état. Du moins, dans mon plan, c'est ce qui est prévu. J'ignore d'où me vient cette aversion pour les méfaits. Peut-être qu'à force de voir de l'injustice, j'essaie autant que faire se peut de rester du bon côté de la loi. Je ne sais pas, mais c'est plus fort que moi.

— T'es sacrément bien organisée pour une novice du crime, commente Morgane.

— J'ai vu assez de films et de séries pour savoir qu'on ne va pas voler quelque chose avec son propre véhicule. Et puis il nous faut un truc plus grand que le pick-up ou ta voiture.

— Pourquoi ? Tu comptes nous emmener ?

— Oui, je soupire. On aura besoin d'un chauffeur et de pouvoir communiquer avec toi à l'aide des talkies-walkies, qui n'ont pas une grande portée.

Morgane semble euphorique d'un coup.

— C'est génial ! Un peu de terrain pour changer !

— Oui, youpi, nous voilà tous impliqués dans un braquage, rumine Jeff.

— Une autre option à proposer ?

— Appeler l'emplumé.

— Non ! je m'insurge. Hors de question.

Le silence s'installe dans le salon. Tout le monde me dévisage avec curiosité.

— On ne va pas s'avouer vaincus avant d'avoir tout tenté.

— Demander de l'aide, ce n'est pas…

— Si, c'est exactement ça. On ne va pas baisser les bras maintenant. S'il nous a confié cette mission, c'est qu'il nous estime capables de l'accomplir.

Je fusille Jeff du regard. Ça ne lui ressemble pas d'abandonner avant d'avoir tout donner. Je ne comprends pas cette requête. Nous allons faire un braquage, ce n'est qu'un petit accroc à notre enquête, une petite entorse qui n'aura pas de conséquences.

— Il y a un problème ? je le questionne.

— Non, tout roule.

Il claque des mains et se lève pour sortir. Je le suis, agacée de bon matin de ne plus rien comprendre de l'homme que je pensais connaître par cœur.

— Jeff ?

— Quoi ?

— Tu m'expliques ?

Il soupire, puis il me fixe en jouant avec les clefs du pick-up.

— Y'a rien à expliquer. J'aime pas qu'on implique les filles dans cette merde.

— Elles sont d'accord.

— Je sais, mais… probablement que cette épée est déjà en enfer, entre les mains de Lucifer, et que tout ce qu'on tente de faire, c'est du vent pour ne pas voir la réalité.

— Peut-être, mais au moins on ne pourra rien se reprocher.

— Est-ce que ça aura une réelle importance quand la guerre commencera ?

— Bien sûr.

Je fais le pas qui nous sépare pour poser ma main sur son bras. Si lui craque, nous sommes foutus. Si lui perd espoir, nous allons tous sombrer, et je le refuse. C'est trop important pour que nous renoncions.

— Jeff, je sais que ça paraît mince, mais on sait, toi et moi, que le moindre indice peut tout changer.

Nous l'avons prouvé à plusieurs reprises et je ne vois pas pourquoi ce serait différent aujourd'hui.

— Et s'il le faut, on ira jusqu'en enfer et on butera cet enfoiré de Lucifer nous-mêmes.

Jeff rit, puis, chose rare, il m'attire dans ses bras et me donne quelques tapes sur le dos. Je me raidis, pas sous la douleur, parce que mes cicatrices ont depuis longtemps cessé de me faire mal, mais parce qu'il prend des gants avec moi et me rappelle, sans le vouloir, que j'ai été une victime, moi aussi.

— On va y arriver, je conclus en me dégageant.

— Ouais, on verra si t'arrives à nous dégoter un véhicule, déjà. Ensuite… eh bien, après ça, je veux bien croire que tout est possible.

Il s'éloigne vers la voiture alors que j'allais frapper son épaule pour cette pique pas nécessaire. Mais soit, si mon larcin peut redonner de l'espoir, peut-être que j'aurai moins de scrupules à le faire.

* * *

J'ai trouvé un petit garage à une quinzaine de kilomètres de Everseed, à proximité de la réserve des Tahoma Veins. Il est isolé, sur le bord d'une route, et cerné par les champs. Je planque derrière un fourré, sur la gauche, et j'attends que le gérant ferme boutique. Il est tard déjà, presque 21 heures. Je me demande bien ce qu'il trafique. J'ai une cagoule à la main et mes armes habituelles, soit deux flingues, deux poignards et un couteau particulier à la cheville. Une arme céleste et précieuse, capable de tuer un démon supérieur. Jeff a insisté pour que je la prenne, au cas où, et avec ce qui court ces derniers temps, il n'a pas forcément tort : qui sait sur quoi je pourrais tomber… Cela dit, je n'utiliserai rien de tout ça au risque de blesser qui que ce soit d'humain. Je stresse. Mon cœur est plus rapide et de la sueur coule le long de ma colonne vertébrale. Il y a une vieille camionnette dans la cour qui fera notre affaire. Noire, assez usée pour ne pas coûter trop cher si jamais on l'abîme, et passe-partout. Je ne savais pas comment voler un véhicule, mais Morgane m'a montré plusieurs tutos sur Internet, et je pense pouvoir m'en tirer. C'est fou, ce qu'on peut trouver sur le Net ! Ça va des recettes de cuisine aux méthodes de fabrication d'une bombe artisanale en passant par comment déboucher une bouteille de vin sans tire-bouchon. Un véritable manuel de vie.

Je jette un œil à ma montre en m'impatientant. Je jure. Il ne va jamais partir ou quoi ? Peut-être que c'est aussi son domicile, et je me fais la réflexion que je suis nulle si je n'ai même pas vérifié cette information.

Je dresse la tête pour voir par-dessus les arbustes qui me cachent du garage… lorsque je perçois un bruit derrière moi. Je me retourne aussi vite que possible. Je distingue une ombre qui se déplace, mais même si mes yeux se sont habitués à l'obscurité, de ce côté il fait nuit noire. Je repère l'ombre et, sans hésiter, je me jette dessus. Nos deux corps se percutent et heurtent le sol par la même occasion, provoquant un bruit sourd. J'ai déjà brandi ma lame sous sa gorge quand je prends conscience de qui il s'agit.

— Zac ?

Je me redresse en posant mes mains sur son torse et cesse de le menacer.

— Mais qu'est-ce que tu fais là ?

— Comme toi, je suppose.

— Hein ?

Je doute qu'il cherche à voler quoi que ce soit ici.

— Hum, Deva, soit on enlève nos vêtements maintenant, soit tu me libères.

Je remarque notre position, moi à califourchon sur lui, au niveau de son bas-ventre. Je sens parfaitement que cette proximité ne lui a pas échappé. Je m'éjecte presque de son corps, ce qui le fait rire alors que je retombe sur l'herbe.

— Dommage, poursuit-il.

— Tu vas me dire ce que tu fais là ?

Je voudrais allumer ma torche pour mieux le voir et discerner son regard, mais je me contente de mes souvenirs bien vivaces pour l'imaginer.

— Je traque les démons.

— Quels démons ?

— Ceux qui sont entrés dans le garage.

Je ne comprends rien de ce qu'il raconte, et surtout je n'ai vu aucun démon dans le coin. Je l'aurais senti s'il y avait du danger… ou peut-être que j'étais trop préoccupée par ma mission.

— Deva ? Tout va bien ?

— Je n'ai vu aucun démon.

Le silence qui s'ensuit m'indique que j'ai failli à mon devoir de Protectrice, et même si le gérant du garage m'a agacée à ne pas quitter les lieux, j'espère qu'il ne lui est rien arrivé.

— Tu m'expliques ? je demande en soupirant.

— J'ai remarqué des va-et-vient étranges depuis le chantier du casino, près de la réserve, et cette nuit j'ai décidé d'en suivre certains pour savoir ce qu'ils manigancent.

— Le chantier du casino ?

Zac rit. Il se rapproche jusqu'à s'accroupir devant moi.

— Oui, celui qui vient de commencer et qui cause pas mal de problèmes aux habitants de la réserve. Tu ne savais pas ?

— Non, j'avoue avec honte. Je pensais ce projet de casino abandonné.

— Il ne l'est pas et la clientèle m'a tout l'air d'être principalement démoniaque.

J'aurais dû prendre des nouvelles de Kean, un membre de la réserve, et m'intéresser un peu plus à cette histoire qui met les Amérindiens en rogne. Je pensais bêtement que c'était d'ordre humain.

— Pourquoi tu fais ça ? j'interroge Zac. Tu es un magnétiseur, pas un guerrier.

— J'ai plusieurs casquettes, et quelque chose me dit qu'ils sont derrière l'incendie de la maison de Melody.

— Qu'est-ce qui te fait penser ça ?

— L'un d'eux a le visage en partie brûlé.

Tout ça est trop étrange pour que je relie déjà les points, mais effectivement, c'est intéressant.

— Je ne suis pas sûre de comprendre tout ce que tu me racontes, et encore moins la raison de ta présence ici, mais soit, il y a des démons là-dedans. Ils sont combien ?

— Trois. Mais si tu n'es pas là pour eux, t'es là pour quoi ?

— Pour… laisse tomber.

Je me redresse et reprends ma position. Je discerne le garage derrière des rangées de voitures et de pneus. La lumière est toujours allumée, mais aucun son ne provient de l'intérieur.

— Il faut qu'on s'approche.

Zac me rejoint. Il se colle presque à moi et son parfum suave me surprend un instant. Mélangé à l'odeur d'herbe fraîchement coupée, il me donne envie d'aller m'y rouler, et de préférence avec son corps nu, plutôt que d'affronter des démons.

— Deva ?

— Quoi ?

Il rit. Il me déconcentre. Je devrais agir seule.

— Comment tu veux procéder ? poursuit-il.

— T'es armé ?

— Non, mais j'en ai pas besoin.

— On parle de démons, Zac.

— Je sais, mais je suis capable de m'autoguérir si jamais je suis blessé.

— Et eux, tu comptes les blesser comment ?

— Ça, mon ange, tu le découvriras bien assez tôt.

— Pardon ? Comment tu m'as appelée ?

Je sens ses doigts frôler ma joue.

— Mon ange. Ça ne te plaît pas ?

— Non, pas du tout, je ne suis pas... un ange.

— T'en as déjà vu ?

— Oui, un, et je n'ai rien en commun avec lui.

Sa perfection, son manque d'autodérision et son ton directif me font dire que Caliel et moi n'avons aucune affinité.

— Au contraire ! répond Zac, tu es stricte et tu n'en fais qu'à te tête, une vraie ange.

— Ne m'appelle pas comme ça, on n'est pas... Bon Dieu, Zac, on ne donne pas de surnom à quelqu'un qu'on connaît à peine.

— On a partagé un incendie, deux trajets en voiture, une averse, une soirée bière et anecdotes, et nous voilà en train de planquer pour traquer des démons. Si tu avais enlevé tes vêtements tout à l'heure, tu serais ma plus longue relation.

Je me mords la lèvre pour ne pas rire à ce constat. Je ne sais pas ce qui est le plus drôle : qu'il n'ait jamais fréquenté qui que ce soit ou qu'il ait retenu la liste, certes courte, de nos rencontres. C'est plutôt triste, finalement, parce que je crois qu'il est aussi ma plus longue relation, si on exempte Morgane, Jeff et Jesse.

— C'est gentil de compter les minutes qui nous séparent de nos rencontres, mais ça ne te donne pas le droit de m'appeler ainsi.

— Je ne les compte pas, mon ange, je les ressens jusqu'au fond de mes tripes.

Son ton est trop subtil pour me laisser de marbre. Zac est joueur, je le sais. Pourtant, ses paroles résonnent dans tout mon être. Sa main dévie de ma joue à mon cou. Il se penche et je ferme les yeux en attendant ses lèvres. Je perçois son souffle, la chaleur de sa paume qui m'enveloppe agréablement, et je me prépare à ce baiser qui, je le pressens, va me retourner plus que ses belles paroles.

Mais c'est sans compter les démons du garage, qui décident de se manifester et de couper court aux élans romantiques de Zac.

Je me redresse d'un bond, ce qui fait tomber le magnétiseur lorsque nos genoux se heurtent. Pas le temps de m'en inquiéter, il y a plus urgent à traiter, et peut-être même l'avenir du monde.

# Chapitre 10

Une lumière aveuglante filtre à travers les interstices de la porte. Je ne réfléchis pas : je fonce dans cette direction en imaginant le pire. L'adrénaline m'irradie comme une sorte de colère que je ne comprends pas. Je sors mes poignards lorsque Zac me rattrape.

— Deva, stop.

Il saisit mon bras. Je me dégage rapidement, bien décidée à aller éteindre ce qu'il se passe à l'intérieur.

— Bon Dieu, Deva ! Arrête !

Zac est rapide. Il se retrouve devant moi et, cette fois, il fait bloc avec son corps.

— Tu comptes faire quoi ? Foncer dans le tas ?

— Oui.

Qu'est-ce que je peux faire d'autre ?

— C'est du suicide.

— Je sais me défendre.

— Je sais, mais là, tu te jettes dans l'inconnu.

— Il y a un humain en danger.

Zac inspire longuement comme pour garder son calme. J'en profite pour le contourner et entrer, avec ou sans son approbation. J'enfonce la vieille porte en bois d'un coup de pied. Elle craque et se fissure à ma deuxième tentative. La lumière me flingue les rétines. Je me protège avec mon bras et entre à l'intérieur du garage.

Le faisceau diminue jusqu'à s'éteindre.

— On a de la visite, ricane une voix éraillée.

Il y a ce que je suppose être trois démons autour du mécanicien évanoui.

— C'est quoi, encore, ce délire ?

— Des démons supérieurs, murmure Zac à mes côtés.

Qu'est-ce qu'il raconte ? Ils n'ont rien à voir avec des démons supérieurs. Ils sont malingres, ont le regard vide, et le sourire carnassier qu'ils expriment en m'observant me file des frissons qui n'ont rien à voir avec ce que j'ai pu ressentir en présence de tels êtres auparavant.

Zac fait quelques pas en avant pendant que j'essaie de comprendre ce qui se trame ici.

— Alors, les gars, on cherche à faire descendre un ange ? demande le magnétiseur.

Je m'interroge sur la santé mentale de cet homme. Il est désarmé face à ce qui ressemble à des créatures de l'enfer, pourtant il continue de les asticoter.

J'avance à mon tour jusqu'au mécanicien, encore dans sa combinaison de travail et toujours évanoui.

— Libérez-le, j'ordonne d'une voix forte.

Ils rient sans s'exécuter et je sens que je perds patience. Zac aussi. Il s'approche de nouveau. Son corps se redresse fièrement face aux démons, qui semblent défaillir en l'observant.

Je me demande ce qui les rend aussi apeurés. Je repense à ce qu'il a dit un peu plus tôt, que je découvrirais bientôt ses capacités en matière de combat. Peut-être qu'il leur adresse ce fameux sourire qui me file des frissons d'angoisse.

Je n'ai pas le temps de m'interroger plus avant. Le corps du mécanicien est éjecté d'un coup de pied par les démons quand ces derniers tentent de s'enfuir.

Zac se jette sur l'un d'eux et, avant que les choses empirent, je décide de mettre l'humain en sécurité. Je l'empoigne par les bras et le traîne derrière une pile de pneus. Je presse son pouls. Il bat, c'est tout ce qui compte pour le moment.

Je rejoins Zac, mes poignards en main. L'envie d'en découdre inonde mes veines. J'ai cette colère qui gravite en moi, comme si mon instinct devait se rebeller face à ce qui se dresse contre nous. Mais il n'y a plus que Zac et le démon à moitié brûlé, au sol, emprisonné sous les genoux de mon nouveau coéquipier.

— Ils ont fui, m'informe-t-il une fois que je suis à sa hauteur.

Pourquoi ils feraient ça ? Ils étaient en supériorité numérique, ils avaient une chance de s'en tirer, et je sais d'expérience qu'un démon supérieur ne recule jamais devant une victoire facile.

Je m'agenouille près de Zac. Son corps est tendu. On dirait qu'il vibre et dégage une chaleur brûlante. Je m'apprête à le toucher, mais le regard qu'il me lance m'en empêche. On est loin du mec charmeur que je commençais à connaître. Il est en rogne.

Le démon s'agite sous lui. Il tente de s'extraire de la prise, alors Zac lui accorde de nouveau son attention. Je chasse les questions et les sensations désagréables qui s'immiscent en moi pour me concentrer.

— Qui êtes-vous ? Qu'est-ce que vous foutiez avec le mécano ? j'interroge durement.

— Deva, laisse-moi faire, tu veux ?

Je crois que j'hallucine. C'est quoi, ce ton paternaliste ?

— Pourquoi vous cherchez à faire descendre un ange ? demande-t-il.

— Mais de quoi tu parles, bon Dieu ?!

Zac inspire et raffermit sa prise sur le cou du démon avant de se tourner dans ma direction.

— Mon ange, veux-tu bien te taire quelques instants que je termine ma discussion avec le gros vilain démon qui tente d'appâter un mec à plumes pour je ne sais quelle raison ?

Je fixe cet homme que je m'apprêtais à embrasser, il y a quelques minutes, sans vraiment le reconnaître. Toutefois, comme il a l'air de savoir de quoi il parle et que je suis complètement perdue, je lui accorde cette manche. Mais je n'oublie pas qu'il vient de me traiter comme une imbécile.

— Réponds au monsieur, je rétorque au démon. Pourquoi vous faisiez ça ?

Je n'en reviens pas de poser cette question qui ne semble pas avoir de sens. Les choses changent ces derniers temps. Cette guerre et cette épée ameutent un peu trop de nouvelles créatures dans le coin.

Il s'esclaffe. Ses iris prennent une couleur étrange, une sorte de rouge carmin. Je me laisse prendre par ce regard, qui me semble familier, pendant qu'il déblatère des paroles dans une langue que je ne connais pas.

Zac lui assène un coup de poing et me ramène à l'instant présent.

— Ne me cherche pas trop, gronde-t-il. Réponds à ma question, et peut-être que je t'épargnerai.

— Plutôt mourir.

Je sors le couteau coincé à ma cheville. Il pourrait venir à bout du démon en un coup bien placé. Mais je me contente de presser la lame sur sa joue. L'effet provoqué me surprend presque par son immédiateté. La chair qui se consume lui fait lâcher un hurlement de douleur. Je tente de rester impassible.

— Tu es sûr ?

— Je ne parle pas aux traîtres !

De nouveau, un coup violent de la part du magnétiseur. Il doit avoir une sacrée force pour que le démon soit sonné, une force qui ne paraît pas humaine.

— Tu bosses pour Lucifer ?

Le démon se fige, puis se débat plus vivement, ce que je prends pour une affirmation. Il n'a pas dû être assez formé par son maître pour nier.

— Qu'est-ce qu'il cherche avec les anges ?

— Tue-moi ! Tue-moi et va te faire foutre !

Le silence s'installe. Les deux hommes se dévisagent comme deux loups prêts à en découdre, puis Zac se relève en entraînant la créature avec lui. Il la soulève d'une main et la suspend ensuite par les poignets aux chaînes qui servent habituellement à lever un moteur.

— Donne-moi ta lame.

— Non, je ne prête pas mes…

— S'il te plaît.

Zac insiste, la main tendue. Je sens la rage émaner de lui, et si je n'ai pas de pitié particulière pour sa victime, je ne suis pas pour autant friande de torture. Sans compter que cette lame est trop précieuse : elle est en métal céleste et ça ne court pas les rues. Mais devant son insistance, je cède pour ne pas voir la situation dégénérer un peu plus.

— Ne l'abîme pas, je précise.

Il récupère le poignard par sa lame en grimaçant, avant de le retourner et de le saisir par le manche en cuir que j'ai moi-même confectionné pour obtenir une meilleure prise. Puis il se tourne vers le démon.

— Je ne vais pas te tuer, même si tu me supplies, et crois-moi, tu vas le faire. Mais tu n'obtiendras rien de moi tant que je n'aurai pas mes réponses.

Il tranche son t-shirt d'un coup. Sa peau apparaît, tatouée et brûlée du côté gauche, tout comme son visage. Zac le taillade lentement sur toute la largeur de sa poitrine. La peau se fend. Le démon hurle, mais ne dit rien. Zac continue, encore et encore, à m'en donner la nausée. Lui semble impassible, comme emporté par sa mission.

Le démon n'en peut plus. S'il n'est pas doué pour mentir, il l'est pour supporter la douleur. Le temps passe. Je vais voir le mécanicien à deux reprises. Il est toujours dans les vapes. Puis c'en est trop pour moi. Zac va trop loin et je ne supporte plus cette vision de souffrances.

Ce n'est pas dans mes méthodes de torturer, sinon je changerais de camp. J'attrape Zac et l'entraîne un peu plus loin.

—Arrête.

Son regard est dément. Il semble habité par ce qu'il fait, par… un besoin de faire mal que je ne comprends pas. Il inspire lourdement, ferme les yeux et secoue la tête avant de m'informer qu'il prend une pause. Je ris jaune. Il me rend mon arme, puis je soupire en le regardant s'éloigner, les épaules basses. Le démon, quant à lui, est proche de la mort, le corps tailladé de toutes parts. Sa peau suinte et l'odeur de chair ouverte inonde le garage. Je m'approche, fatiguée par la tournure que prend cette soirée, mais bien décidée à mettre fin à ce carnage. J'ai une info que Zac n'a pas et j'imagine que tout ça est lié avec la quête que Caliel nous a confiée.

—Tu cherches l'épée ? je demande à voix basse.

Il émet un rictus qui me confirme que c'est bien ça.

—Qu'est-ce que ç'a à voir avec ta tentative d'appâter un ange ?

—Tu ne sais pas ?

Il semble choqué de mon ignorance. Je décide de jouer cartes sur table. De toute façon, il n'en a plus pour longtemps, et si je peux glaner quelques informations, c'est tout ce qui compte.

— Je ne sais pas grand-chose, juste que je dois trouver cette épée avant qu'elle ne tombe entre les mains de Lucifer.

— C'est trop tard.

— Il l'a ?

— Bientôt, il aura tout ce qu'il faut pour qu'on sorte vainqueurs de cette guerre.

Je réfléchis en jetant des coups d'œil derrière moi pour guetter le retour de Zac. Je m'interroge sur ce que vient de dire le démon. Qu'est-ce que ça induit ? L'épée est une arme ? Autre chose que j'ignore ?

— Dis-moi, et je mettrai fin à ton calvaire.

— Tu fais équipe avec un monstre, pourquoi je te croirais ?

— Je ne suis pas lui.

— Pas encore.

Non, je ne deviendrai jamais aussi cruelle, sinon autant changer de bord et aller combattre avec les forces du mal.

— Parle-moi et je t'épargne.

Ses iris redeviennent rouge carmin. C'est magnifique de près, même si c'est aussi super flippant.

— L'épée a besoin d'être… activée.

— Comment ça ?

— Par le sang d'un archange et une incantation vieille de plus de deux mille ans, que seul Michel connaissait. Mais, au paradis, on écrit tout dans les grands livres du temps. C'est comme une bible qui ne s'arrête jamais. Tous les jours, des lignes sont écrites, tout ce qu'il se passe, que ce soit sur Terre ou au paradis. On voulait faire venir un ange, le forcer à nous conduire à la bibliothèque afin d'arracher la page de l'incantation et de la rapporter à Lucifer avec l'épée.

Caliel n'a rien dit à ce sujet, sûrement parce que, quand on travaille pour les anges, nul besoin de cette incantation.

— Et par quel miracle tu comptais contraindre un ange de faire ça ?

Je doute qu'ils trahissent leur camp aussi facilement et, si j'ai bonne mémoire, il faut une arme spéciale pour tuer un ange. Caliel ne semblait absolument pas inquiet face à nos flingues.

— Les balles infernales sont très persuasives.

— Qu'est-ce que vous faisiez au juste avec le mécanicien ?

— On vérifiait son âme. On s'assurait qu'elle était assez pure pour que sa disparition inquiète un ange.

Ce qui explique la lumière : ils ont mis son âme à nu pour la voir. Nous sommes arrivés à temps, ils allaient le tuer.

— Tu sais tout. Tiens parole maintenant.

— C'est tes potes qui ont l'épée ?

Il ne répond pas. Je réitère ma question, mais il est fermement décidé à se taire. Zac revient. Alors, avant qu'il ne soit trop tard, j'enfonce ma lame céleste dans la poitrine du démon. Il finit en poussière.

— Qu'est-ce que t'as fait ?!

— Ça suffit, tu l'as assez torturé. Tu vois bien qu'il n'aurait rien dit, ça ne servait à rien de continuer.

— Deva, gronde Zac en s'approchant, j'ai pas fait tout ça pour rien. Ces mecs manigancent quelque chose.

— Je sais, mais on trouvera un autre moyen de se renseigner. Ce que tu as fait…

Je n'arrive pas à le digérer, il a été trop loin à mon goût. Même si on a le mal incarné devant nous, ce n'est pas une raison. Je ne suis pas partisane du dicton qui veut que la fin justifie les moyens. Pas comme ça.

Zac s'approche d'un pas. Je tends la main pour l'arrêter, celle qui tient encore la lame. Je vois son corps se relâcher, ses épaules s'affaisser, et il secoue la tête comme pour reprendre contact avec la réalité.

Il fixe ses mains pleines de sang.

— Qu'est-ce que tu es, au juste ? Un magnétiseur ne ferait pas ça.

— C'est ce que je suis, pourtant.

Je croise ses iris, qui ont l'air plus humains. S'il esquissait son fameux sourire, j'aurais presque l'impression de retrouver l'homme que je connais.

Le mécanicien reprend connaissance. Ses gémissements de douleur mettent fin à notre face-à-face. Je le rejoins et l'aide à se lever, puis je le guide jusqu'à une chaise dans son bureau. Il s'enfile une bouteille d'eau et quelques cachets d'ibuprofène.

— Qu'est-ce qui s'est passé ?

— Vous avez été agressé, mais ça va aller.

Zac nous rejoint. Il s'est nettoyé.

— Si tu es bien ce que tu dis être, occupe-toi de lui.

Il pose ses mains sur le mécanicien, ferme les yeux et se concentre sur sa tâche.

— Il va bien.

— Merci. Vous m'avez sauvé.

— De rien. Vous allez vous en sortir ?

— Oui, ça va aller.

— On va y aller, dans ce cas.

Je m'apprête à partir, pressée de quitter cet endroit. J'ai envie de rentrer, de prendre une douche et d'oublier en partie cette soirée étrange.

— Attendez, je vous suis redevable. Si je peux faire quelque chose pour vous…

Je m'arrête au milieu du garage en me rappelant le but initial de ma visite ici. Si c'est offert, c'est encore mieux.

— Tout bien réfléchi, il y a quelque chose que je voudrais vous demander, dis-je, avec un grand sourire, au vieil homme.

* * *

Zac et moi montons dans la camionnette, puis nous quittons le garage sous les saluts du mécanicien.

Il me l'a offerte de bonne grâce, sans rien demander, pas même mon nom. C'est parfait, je n'aurais pas l'air ridicule devant les autres, même si, après leur avoir raconté cette soirée, je doute qu'ils rient.

L'ambiance est silencieuse dans l'habitacle. J'ai besoin de prendre mes distances avec lui, de poser les choses et d'oublier un peu tout ce que je ressens, qui est un peu trop contradictoire. Mais j'ai aussi des questions.

— Comment tu as su qu'ils voulaient faire descendre un ange ?

— J'ai déjà vu des démons tenter de le faire. Pour ça, ils ont besoin d'un humain le plus sain possible et qui n'a aucune raison de mourir. Ils vérifient son âme avant de le tuer et, avec de la chance, un ange débarque.

— Melody…

— Oui, c'est ce qu'ils ont tenté de faire avec elle aussi. Quelque chose ou quelqu'un a dû les interrompre.

Probablement une autre créature qui court après l'épée.

— Un truc se prépare, Deva. Autant d'activités en si peu de temps, ce n'est pas normal.

Je ne dis rien. Je me contente de conduire, bien consciente qu'il attend de moi que je révèle ce que je sais.

Mais c'est hors de question. Je ne lui faisais pas tellement confiance au départ, mais après ce soir, je suis certaine de devoir garder cette quête secrète.

— Je suis désolé si je t'ai choquée.

— Choquée ?

— Oui, la torture. J'oublie que tout le monde n'y est pas… habitué.

— Parce que tu l'es ?

— Non, mais j'ai cette capacité qui me permet de compartimenter mes sentiments.

— Et ta force, elle vient d'où ?

— C'est un package qui comprend le pouvoir de faire du bien et celui de faire du mal.

Une sorte d'équilibre, en somme. J'aimerais quitter la route des yeux pour l'observer et m'assurer de sa sincérité, mais tout ce que je peux faire, c'est lui accorder le bénéfice du doute.

Nous arrivons en ville. Je vais directement à son motel en me faisant la réflexion que ce n'est pas très judicieux de traîner la camionnette dans les environs. Je me gare. Il est très tard, les rues sont désertes, et j'espère qu'elles le demeureront. Zac ne descend pas, alors je me tourne vers lui.

— Bonne nuit.

Il rit et s'approche sur la banquette.

— Mon ange…

— Ne m'appelle pas comme ça, je le coupe.

— Désolé, mais ça te va bien, encore plus après cette soirée.

— Je vais t'appeler « petit démon », alors.

— Très drôle.

— Merci.

Il est trop proche et, malgré les derniers événements, il arrive à me séduire. Parce qu'il est de retour, il est l'homme avec qui j'ai passé une soirée à rire et à discuter sans avoir besoin de mentir. Il est celui qui a sauvé Melody et qui est bien trop sûr de lui.

— Mon ange, reprend-il, on peut tirer un trait sur cette soirée et repartir sur de bonnes bases ?

— Non, on ne peut pas. Mais on peut mettre ça sur le compte de la complexité de la situation.

— Ça me va.

— Je n'oublie pas, Zac.

— J'ai bien compris et j'accepte.

Ce mec n'arrêtera jamais de retourner les situations à son avantage.

— Bonne nuit, Zac.

Il se penche et m'embrasse sur la joue, avec un peu trop d'appui pour que je ne sente pas des frissons agréables m'envahir.

— Bonne nuit, mon ange.

Il descend et, comme l'autre soir, je le regarde s'éloigner. Étrangement, ça me rassure un peu de le voir déambuler avec moins d'assurance. Ça veut dire que ses actes ont des conséquences.

# Chapitre 11

Préparer un braquage s'avère plutôt amusant. Je ne me suis jamais rêvée en grande criminelle parce que j'ai toujours cette petite voix en moi qui vient me titiller lorsque je glisse vers le mal. J'ignore d'où elle provient, mais j'imagine que l'éducation que j'ai reçue n'y est pas étrangère. L'inconvénient de l'amnésie : découvrir un héritage caractériel qu'on ne peut attribuer à personne. Dans mes rêves, c'est ma mère, l'être bon, celui qui m'a inculqué la différence entre le bien et le mal, qui m'a fait comprendre qu'on ne peut pas agir égoïstement ni blesser d'autres personnes pour son propre plaisir.

Au début, j'essayais de lui créer une image, une histoire, un mariage d'amour qui avait précédé ma naissance, et j'ajoutais un petit frère pour parfaire le tableau. Si l'amnésie a ses inconvénients, elle a aussi ses avantages. On peut créer sa propre histoire, se donner les bases qu'on a choisies, et heureusement pour le monde, je n'ai pas opté pour la voie illégale, même si ce soir le plaisir que je prends à cette petite escapade me met le doute.

L'équipe est au complet dans le van que j'ai prétendument volé. Mon larcin a épaté tout le monde. Il a même coupé la chique à Jeff. Ce moment valait bien ce petit mensonge. Il me déculpabilise aussi. Je leur ai quand même raconté ce qu'il s'était passé avec les démons, en omettant le délire de Zac. Finalement, je deviens douée pour cacher la vérité, et avec ce que nous nous apprêtons à faire ce soir, je devrais peut-être me poser un peu plus de questions. Zac m'a pas mal chamboulée. Ce qu'il se passe entre nous me laisse une étrange sensation, comme chaque fois que je le croise : il y a le feu et la glace. Lui comme moi avons deux facettes à l'intérieur d'un seul corps. Il a une part sombre ; j'en ai une remplie d'ombre et de secrets. D'un côté, je suis soulagée de l'avoir découvert, l'autre soir, avant d'avoir été trop loin, d'avoir accordé trop d'importance à cette relation qui est… déconcertante. Tout comme Zac.

— T'es prête ? m'interroge Jeff.

Je chasse Zac de ma tête, même si j'aurais aimé faire ce coup avec lui – je suis certaine que ça aurait été marrant. Je vérifie une dernière fois que tout le matériel est en place et opérationnel, puis j'informe mon ami que c'est bon. Les filles sont à l'avant, sur la banquette. Morgane s'est connectée au réseau de sécurité du commissariat. Elle nous guidera à chaque pas et effacera nos traces. Quant à Jesse, elle nous a concocté son fameux gaz soporifique et fera office de chauffeur pour nous ramener.

Nous sortons du van. Je teste le talkie-walkie : tout fonctionne. Après une grande inspiration et un regard de ma part à l'intention de Jeff, nous y allons. Nous sommes garés dans la rue perpendiculaire au commissariat. Elle n'est pas très fréquentée à cette heure tardive, ce qui devrait nous faciliter les choses. Vêtus comme nous le sommes, en noir avec une cagoule, et bientôt un masque à gaz, nous ne passerions pas inaperçus.

Nos pas résonnent dans ce silence nocturne et l'angoisse commence à grandir en moi. C'est différent de nos missions habituelles. Bien sûr, l'adrénaline arrive. Cependant, la peur que tout dérape et que nous finissions nos jours en prison n'est pas loin derrière. Je me mets à chantonner, en espérant combler ce vide sensoriel qui m'attaque, mais Jeff n'est pas de cet avis.

— *Eye of the Tiger*, sérieusement ?

— Ouais, il nous faut quelque chose de motivant.

Il rit. Je poursuis la chanson au rythme de nos pas, jusqu'à ce que nous arrivions à la porte du commissariat. Chacun d'un côté, nous mettons en place nos masques. Nous récupérons un pistolet, que je refuse d'utiliser pour tuer un humain. Ils serviront, le cas échéant, à effrayer. Puis nous sortons chacun une bombe de gaz. Nous en avons cinq, toutes sanglées à nos ceintures. Ça devrait suffire à endormir les quelques hommes présents.

Jeff attend la confirmation que je suis prête, puis il pousse la porte d'accès et entre tranquillement. Je le suis. Le préposé à l'accueil a à peine le temps de relever la tête que déjà une volute de gaz s'élève dans sa direction. Quelques secondes après, il tombe de sa chaise.

Et d'un.

Nous empruntons le couloir de gauche, celui menant aux bureaux des inspecteurs qui précèdent la salle des scellés, où sont entassées toutes les preuves des affaires en cours. Selon nos informations récoltées lors de nos planques des derniers jours, il ne devrait pas y avoir plus de deux ou trois policiers. Mon cœur est saisi de palpitations alors que nous progressons, courbés en deux pour ne pas affoler d'éventuels occupants des bureaux du couloir. J'attrape une autre bombe de gaz et la balance dans l'open space où quelques voix se font entendre. Jeff agit de même. Un brouhaha éclate, entre les chaises qui tombent et les hommes qui se demandent ce qu'il se passe.

— La voie est libre, m'informe Morgane depuis le talkie-walkie.

Je me redresse. Dans la salle, je découvre trois hommes à terre, endormis. Parfait. Peut-être que cette fois le plan va se dérouler sans accrocs, ainsi on pourra enfin progresser sur cette épée. Je précède Jeff jusqu'à la porte du fond. Elle nous conduit à une autre porte, grillagée et fermée par une serrure électronique à code.

— Place le détecteur sur le dessus, me demande Morgane.

Je sors le petit appareil et m'exécute. Même si Morgane est douée, j'ai l'impression que ça prend un temps fou avant d'entendre le « clic », signale que la porte est déverrouillée.

Quand il arrive, nous ne perdons pas de temps. Nous nous engouffrons dans la salle des scellés et nous cherchons l'affaire d'Archie, enregistrée sous le numéro MJ-0234. Les boîtes et les numéros défilent sous mes yeux. Il n'y a pas de classement à première vue, ou alors je ne le comprends pas.

— J'ai, lâche Jeff.

Je le rejoins. Nous ouvrons le carton. Il y a tout un tas de trucs sans intérêt, mais aussi les cassettes de surveillance. Je les mets toutes dans mon sac. Nous ignorons laquelle sera notre sésame pour décoder cette histoire, alors autant tout prendre.

Nous rangeons la boîte, puis nous ressortons et Morgane reverrouille la porte.

— Vous pouvez y aller, tout le monde dort.

Nous refaisons le chemin inverse, sortons dans la rue, où nous courons pour rejoindre le van, prêt à partir. La portière à peine fermée, Jesse démarre en trombe.

— J'ai tout effacé, annonce Morgane d'une voix enjouée.

Je me débarrasse de mon équipement. Jesse conduit comme un vrai chauffard. Elle ralentit seulement lorsqu'on est à des kilomètres de Marysville. Les deux femmes rient et relâchent la pression à l'avant pendant qu'avec Jeff, nous nous sourions. Nous sommes plus habitués aux risques. Néanmoins, ça n'empêche pas de savourer enfin une réussite.

— On a un problème, dis-je en cassant l'ambiance.

— Quoi ? Tout s'est bien passé, il me semble.

— Oui. Seulement, on n'a pas de magnétoscope pour lire les vidéos.

Jeff me fixe avec des yeux ronds. J'éclate de rire. Nous n'avons pas pensé à ce détail, qui pourtant a son importance. Sans cet objet, nous n'obtiendrons rien.

— Merde, jure Morgane. Personne n'y a pensé.

Nous étions trop pris par le braquage du commissariat pour réfléchir au reste.

— On va devoir fouiller le grenier. Je crois que j'en ai un qui traîne.

Super, il ne manquait plus que ça pour terminer cette nuit de déviance : un tour dans la poussière et les toiles d'araignées.

* * *

C'est la première fois que j'accède au grenier de Jeff. C'est comme je l'imaginais, sombre, poussiéreux et en bordel. Il y a des tas de cartons et de caisses qui traînent un peu partout, si bien que se frayer un chemin au milieu de tout ça s'avère compliqué.

— Il doit être dans un des cartons du fond.

J'imagine que les plus anciennes vieilleries sont au bout et qu'elles sont plus récentes à l'entrée du grenier.

— OK. On va déjà essayer d'y accéder.

Jeff soupire. Il n'a pas l'air ravi de se plonger dans les souvenirs. Je comprends rapidement pourquoi lorsque tombent d'un carton des albums photo. L'un s'ouvre en percutant le sol et je découvre des clichés de famille. Jeff, sa fille, sa femme. Je m'agenouille pour le feuilleter plus précisément. Jeff a l'air d'un autre homme sur ces vestiges du passé. Moins abîmé, plus heureux, il sourit… Je caresse du bout du doigt les traits angéliques de sa fille, qui rayonne dans ses bras.

— Qu'est-ce que tu fais ?

Je sursaute au ton agressif de mon ami. Il saisit l'album de mes mains et le range dans le carton.

— Elle est magnifique, je murmure.

— On n'a pas le temps pour ça.

— L'a-t-on déjà eu ?

Il ne mentionne jamais sa fille. Il m'a juste informée qu'il en avait une, qu'elle avait disparu, et rien d'autre. Je ne l'ai pas plus questionné parce qu'il avait l'air de souffrir en parlant d'elle. Il souffre encore, d'ailleurs. La façon dont il fixe le carton rempli de souvenirs ne me laisse aucun doute sur le fait que cette blessure ne se refermera jamais.

— Désolée, je m'excuse.

— Le magnétoscope, Deva, c'est tout ce que tu dois trouver.

— Tu sais que tu peux…

— J'ai pas envie d'en parler.

— OK.

Je me dirige vers le fond maintenant qu'il a dégagé assez d'accès pour que nous puissions progresser. J'ouvre des cartons et jette un coup d'œil rapide, à la recherche du matériel. Lorsque je me retourne pour voir ce que fait Jeff, je le retrouve avec l'album dans les mains, en train de regarder les photos.

Je le rejoins. Il fixe un cliché de sa fille et lui. Elle est hilare dans ses bras alors qu'il lui fait des chatouilles.

— Je n'étais pas un bon père, murmure-t-il.

Je ne réponds pas, surprise autant par ses paroles que par le fait qu'il les prononce.

— J'étais absent la plupart du temps, mais Kelly ne m'en voulait pas.

— Kelly, c'est ta fille ?

Il acquiesce. Une larme tombe sur le papier glacé. Il essuie rageusement ses yeux avec son avant-bras.

— Elle me manque.

Je pose ma main sur son épaule. Je n'imagine sûrement pas sa douleur, mais je peux compatir. Ça me fait un drôle d'effet de le voir ainsi, anéanti par ce qu'il ressent. Jeff est pour moi un symbole de force. Même s'il a ses travers, il se relève sans cesse.

— Qu'est-ce qui s'est passé ? je l'interroge d'une voix faible.

Comme si j'avais peur de briser l'instant si je parlais trop fort.

— Elle était dans le jardin. Elle jouait, il faisait beau et, sortie de nulle part, la foudre l'a frappée et elle a disparu. En quelques secondes, elle n'était plus là.

— Surnaturelle ?

Il acquiesce, puis referme l'album.

— La police ne m'a pas cru, sa mère non plus, d'ailleurs. J'ai été suspecté. Ils se sont focalisés sur moi au lieu de la chercher. J'ai essayé de trouver des infos sur ce phénomène, mais aucun livre n'a pu m'aider. Puis ils m'ont arrêté lorsqu'ils ont trouvé des armes chez moi. J'ai été en prison et je ne pouvais plus rien faire pour Kelly.

Jeff attrape un autre carton, qu'il ouvre rapidement. Néanmoins, je vois parfaitement qu'il tremble. Il est bouleversé par ce qu'il vient de me raconter, et surtout je sens la culpabilité l'envahir.

Il sort une poupée, une brune avec des couettes, de grands yeux verts et quelques taches de rousseur sur ses joues rebondies.

— Je te présente Deva.

Je ris en attrapant le jouet.

— C'était sa préférée.

— C'est pour ça que tu m'as appelée comme ça ?

— Oui. Je crois que vous vous seriez bien entendues, toutes les deux.

— J'en doute pas.

Je ne résiste pas plus à le prendre dans mes bras, touchée par ses confidences et l'horreur qu'il a vécue, qui doit le tarauder chaque jour, sans relâche.

— Merci, je chuchote à son oreille. Merci de m'avoir recueillie, d'être là pour moi.

Jeff est mal à l'aise. Les démonstrations d'affection, ce n'est pas son fort. Il se contente de tapoter mon dos, mais ce câlin est trop vite interrompu par la douce voix de Jesse.

— Alors, ce magnétoscope, ça vient ?

Je ris en me dégageant.

— On devrait s'y mettre, lâche Jeff en se redressant.

Je range la poupée dans le carton avec les albums photo, puis nous reprenons nos recherches.

Au bout d'une demi-heure, nous finissons par mettre la main sur l'antiquité. Heureusement, il y a les câbles qui vont avec. Nous redescendons du grenier couverts de poussière, mais je ne perds pas de temps. Morgane s'occupe du branchement, et nous voilà tous installés sur le canapé pour visionner les enregistrements de la maison d'Archie. Pitbull, qui doit rejoindre sa maîtresse demain, est à mes pieds. Je le prends sur mes genoux, mais c'est ceux de Jeff qu'il préfère. Il adore ses caresses.

— Tout le monde est prêt ? demande Morgane.

— On aurait dû faire du pop-corn, répond Jesse.

Je ris et indique à la geek qu'elle peut y aller. L'image n'est pas super nette dans un premier temps, puis je reconnais le hall d'entrée de la maison d'Archie. Il y a une dizaine de cassettes. Je sens que ça va être la séance vidéo la plus longue de mon existence.

# Chapitre 12

Je suis réveillée en sursaut par un coup de coude de la part de Morgane. Jesse, qui s'est endormie sur son épaule, subit le même sort.

— Regardez ! s'exclame notre amie.

Je me frotte les yeux. Le soleil est levé. À force de fixer les murs vides de la maison d'Archie, j'ai sombré dans le sommeil.

Sur l'écran, on distingue trois hommes que je reconnais sans peine malgré la maigre qualité du film.

— Les démons supérieurs.

Nous assistons aux événements violents qui ont conduit à la mort d'Archie. D'abord, ils l'ont torturé pour savoir où était cachée l'épée, puis ils l'ont prise dans son bureau. Elle était suspendue sur le mur du fond. Et celui qu'on a capturé au garage a finalement tordu le cou de ce pauvre Archie. Petite consolation, ils n'ont pas été attentifs et se sont brûlés au contact du métal céleste, leur souffrance était visible à l'écran.

Morgane essuie ses joues des quelques larmes qu'elle a versées en voyant le meurtre de son nouvel ami.

— Les enfoirés, jure-t-elle.

Je suis d'accord avec elle, ils n'ont pas fait dans la dentelle.

— L'un d'entre eux est mort, je l'ai tué. Les deux autres courent toujours, en quête d'un ange capable de les faire passer au paradis pour obtenir cette incantation qui rendra l'épée utilisable par Lucifer.

— Comment on va les trouver ?

— Je ne sais pas. On peut commencer par le chantier du casino. Zac a dit que c'était un repaire à démons.

— Faisons ça.

Jeff se lève pour se préparer. C'est notre seule piste. Même si nous ignorons où les chercher, nous avons déjà un début de quelque chose : nous avons mis un visage sur nos cibles et nous connaissons leur but.

Mon téléphone sonne. Je l'extirpe et décroche sans regarder qui m'appelle.

— Allo ?

Je bâille en même temps. Un café serait bienvenu avant de partir pour la journée.

— Salut, mon ange. Petite nuit ?

Zac.

Je me fige entre le salon et la cuisine. J'ai oublié notre rendez-vous de ce matin. Comme il voulait lui aussi interroger Melody, je l'ai appelé après sa sortie pour qu'on y aille ensemble.

— Je suis en retard ?

— De quelques minutes seulement. Tout va bien ?

— Oui, oui. J'arrive.

— OK, je t'attends.

Je raccroche, me jette sur la cafetière, puis je cherche Jeff, que je trouve dans sa chambre.

— Je dois ramener Pitbull avec Zac ce matin.

— J'avais oublié.

Le chien aboie. Il est sur le lit de Jeff. Je crois surtout qu'il s'est habitué à la présence du chien.

— Je peux passer à l'animalerie et t'en ramener un, si tu veux.

J'avale quelques gorgées de café pour cacher mon amusement.

— Je hais cette bestiole. Il est temps qu'elle dégage et retrouve les coussins de sa maîtresse.

— Bien sûr.

— Deva, si je devais prendre un clébard, ce ne serait certainement pas un foutu bichon qui ne sait rien faire d'autre qu'agiter la queue.

Je recule de quelques pas, puisqu'il a un fusil à tranquillisant entre les mains et que ce que je m'apprête à dire lui donnera l'envie de s'en servir.

— Ça vous fait un point en commun.

Je ris en dégageant rapidement. J'entends Jeff s'esclaffer depuis ma chambre.

— Va ramener la terreur, on se rejoint au casino. Je vais planquer en attendant.

Je réponds « OK », puis je me jette dans la douche afin d'avoir l'air un peu humaine pour mon rendez-vous avec Zac.

* * *

Zac patiente en t-shirt, sous la pluie qui commence à tomber. Il fixe le ciel, mais écoute le moteur approcher et baisse les yeux en souriant dans ma direction. Je suis à peine arrêtée qu'il grimpe dans l'habitacle de la voiture de Morgane. La pluie se fait plus intense et c'est un déluge qui s'abat à présent.

— Il était temps que tu arrives, dit-il en passant une main dans ses cheveux mouillés.

Il a l'air bien ce matin, moins énervé que la dernière fois, plus lui-même. Pitbull lui grimpe dessus et se met à grogner en montrant les dents. Zac ne se formalise pas du caractère du chien.

— Les animaux ont une dent contre moi, en général.

— Je me demande bien pourquoi.

Je reprends la route, en direction de Seattle. Melody s'est installée là-bas à sa sortie d'hôpital, chez sa sœur. Elle a hâte de retrouver son chien. C'est normal, surtout que c'est tout ce qui lui reste de sa vie ici.

— C'est ta voiture ?

— Non, celle de Morgane.

— Qui est Morgane ?

— Notre troisième coloc avec Jeff.

— Sacrée tribu.

— Oui, on est comme une famille. Et toi, tu vis seul tout le temps ?

— Oui, j'aime la solitude. C'est plus simple, surtout quand tu es toujours sur la route.

— Mais tu as bien une famille quelque part, non ?

— Non.

J'aimerais insister, mais je suis mal placée pour exiger des réponses que je ne donnerai pas non plus.

— Ça paie bien, d'être magnétiseur ? je demande à la place.

— Ça dépend, je n'exige rien. Les gens me donnent ce qu'ils veulent spontanément. Ils n'ont pas tous de gros moyens. Je ne me plains pas, j'ai de quoi me payer un motel et quelques paquets de chips au distributeur.

— Une vraie vie de baroudeur, en somme.

Je ne sais pas si ça me plairait de ne pas avoir d'endroit que je pourrais appeler mon chez-moi, de ne pas avoir d'attaches particulières et de créer des liens éphémères à chaque ville qui se trouve sur ma route. Sûrement que c'est le mode de vie qu'on apprécie quand on a quelque chose à fuir, mais quand on est comme moi, avec aucun point de départ, difficile de vouloir s'en échapper.

Ce qui me fait penser que Zac fuit peut-être quelque chose ou quelqu'un. Une maîtresse insatisfaite, sûrement.

Le silence s'installe dans la voiture. Seul le bruit de la pluie accompagne mes pensées. Zac n'a pas l'air de le supporter, puisqu'il allume le poste. Une musique de film ou de jeu vidéo résonne fortement et je m'empresse de baisser le son.

— Les play-lists voyages de Morgane, j'explique. Elle adore les BO.

— Ça change.

— Ça me fait trop réfléchir.

— De quoi ? L'absence de paroles ?

— Oui. Une voix me permet de me concentrer dessus, et pas de…

Je ravale ma tirade. Il va me prendre pour une folle si je lui dis que, dès que j'entends de la musique, je la raccroche à un point de mon existence.

— Pas quoi ?

— Rien. J'aime pas, c'est tout.

Il rit. Sa main frôle ma joue, créant des picotements agréables sur ma peau brûlante. Je sens son regard, son insistance, qui me troublent.

— Je conduis.

— Je sais.

— Alors, arrête.

Je chasse sa main. Il se cale de nouveau dans son siège.

— Je te fais de l'effet, mon ange.

— Oui, tu m'énerves.

— Non. Enfin, si, il y a de l'agacement, mais il y a aussi de l'excitation.

Je vais lui répondre qu'il se trompe, mais il me devance.

— Ne nie pas, je sais quand je plais à une femme.

— Parce que ça t'arrive souvent, je suppose ?

— T'as pas idée.

Son soupir théâtral me fait rire malgré moi.

— Quel homme se plaint de trop plaire ?

— C'est pas tant la quantité que la qualité des prétendantes, le problème.

— Elles ne sont pas assez bien pour toi ?

— Si, pour une nuit, elles me plaisent, mais pas au-delà.

— Pauvre Zac ! J'irai déposer un cierge et réciter quelques prières pour que tu trouves la perle rare.

Le silence éloquent me laisse penser que je l'ai vexé. Je quitte la route des yeux quelques secondes pour l'observer. Il n'a pas du tout l'air touché, bien au contraire, puisqu'il éclate de rire. Je me concentre de nouveau sur notre route sans comprendre pourquoi il en fait des tonnes. Je n'ai rien dit de si drôle.

— C'est pas la peine de te moquer de mes répliques.

— Je ne me moque pas. Je t'imagine en train de prier pour moi et c'est vraiment très drôle.

Je le laisse à son hilarité, que je ne comprends pas, et me contente de conduire. Cet homme est trop déconcertant pour que j'essaie de trouver un sens aux dernières minutes de notre conversation.

— Tu boudes ? finit-il par demander une fois calmé.

— Non. Pour quelles raisons je ferais la tête ? Et puis je ne boude pas, jamais, je suis adulte.

— Évidemment, tu es une grande fille.

— Qu'est-ce que ça veut dire ?

— Que tu boudes, mon ange.

— Arrête de m'appeler comme ça.

— Tu vois…

Je soupire. Il est vraiment agaçant par moments. Cela dit, il m'amuse aussi, et ce n'est pas désagréable, un peu de légèreté, avec tout ce que nous traversons ces derniers temps.

— Je ne boude pas. C'est juste que j'ai du mal à te suivre et à te cerner parfois.

— Bien, on est à égalité, comme ça. Tu me fais le même effet.

Ses paroles semblent résonner dans la voiture silencieuse. Du moins, elles tournent un moment dans ma tête. Je me demande en quoi je suis compliquée comme fille, surtout pour un homme qui trempe dans le même milieu que moi. Je suis plutôt simple si on laisse de côté les mensonges et les secrets que je ne peux pas partager avec lui. Peut-être qu'il le sent. Il n'est pas stupide, juste patient.

* * *

Nous arrivons chez la sœur de Melody. La suite du voyage s'est passée plus calmement, sans que nous abordions de sujets personnels. Pitbull ne perd pas de temps une fois la portière ouverte : il descend et se précipite vers sa maîtresse, qui l'attend sur le pas de la porte. Les retrouvailles sont émouvantes. On sent que l'animal compte pour la jeune femme et vice versa. Passé la séance de léchouilles et de caresses, Melody nous salue et nous invite à entrer. Sa sœur n'est pas là. Elle est infirmière et fait actuellement sa tournée matinale chez ses patients.

Melody nous a préparé du thé et quelques biscuits. Nous nous installons au salon. Je ris en voyant Zac faire honneur – en réalité, un vrai carnage – à la collation de notre hôtesse. Nous discutons quelques minutes de sa santé, qui a l'air bonne, et de ce qu'elle compte faire par la suite. Elle ne sait pas pour l'instant. Rester chez sa sœur est son unique projet dans l'immédiat. Ensuite, elle passe une bonne dizaine de minutes à remercier Zac, qui ne cache même pas sa fierté d'avoir sauvé la jeune femme. Il est temps d'aborder le vif du sujet avant de voir l'ego du magnétiseur exploser sous la reconnaissance de Melody.

— Qu'est-ce qu'il s'est passé, au juste ? je l'interroge.

— Je ne sais pas trop. Trois hommes sont arrivés. Je pensais qu'ils étaient perdus. Ça arrive souvent que des voyageurs s'égarent et viennent jusque chez moi pour que je leur indique leur chemin. Et… ensuite, c'est le trou noir.

— Tu ne te souviens de rien ?

— Pas vraiment… Juste qu'ils ont sorti des armes. Je me suis enfuie. Ils m'ont rattrapée, puis je me suis débattue… Mais ensuite, plus rien, à part le souvenir d'une lumière très forte et d'une douleur dans la poitrine.

J'en reste sans voix un moment. Elle a dû voir la mort en face avant de tomber dans les vapes.

— Et l'incendie ?

Melody hausse les épaules. Sa main tremble alors qu'elle porte sa tasse de thé à sa bouche.

Quelque chose cloche.

— Melody, reprend Zac avec cette grimace bizarre qu'il fait parfois.

— Oui ?

Le ton de la jeune femme me fait hausser les sourcils : elle… minaude.

— Dis-nous la vérité, même si elle te paraît étrange.

— Tu penses vraiment que…

Zac me coupe d'un signe de la main. Il se lève pour aller s'installer aux côtés de la jeune femme, sur le canapé. Il prend ses mains et la fixe avec cet air étrange qui semble la séduire.

— C'est bizarre, j'avais l'impression que quelqu'un tentait d'entrer à l'intérieur de moi. C'est comme si je n'étais plus seule dans ma tête.

Elle rit, puis dégage ses cheveux dans son dos en rougissant. Zac est en train de l'ensorceler avec son air d'abruti.

— Qu'est-ce que tu fais ? je marmonne.

— Quoi d'autre ? Ils ont dit quelque chose ? poursuit-il à l'attention de la jeune femme.

— L'un d'eux avait une épée.

Zac inspire, puis il se tourne vers moi. Je joue l'ignorante, mais ça n'a pas l'air de fonctionner.

— Et l'incendie ? poursuit-il.

— Je ne sais pas, j'étais dans les vapes.

Quelqu'un a dû les interrompre, et probablement qu'ils ont dû vouloir effacer leurs traces, et quoi de mieux que le feu pour cela.

— Merci, Melody.

Il embrasse sa joue, fait tomber son masque et se lève.

— On devrait y aller.

Notre hôtesse semble reprendre pied sur terre, comme si les dernières minutes avaient été un rêve.

— Tout va bien ?

— Oui, juste un peu de fatigue.

Zac la salue et quitte la maison sans plus attendre. Je donne mon numéro à Melody pour qu'elle puisse me joindre en cas de besoin ou si un souvenir lui revient. Je fais quelques papouilles à Pitbull, puis je rejoins Zac, qui m'attend adossé à la voiture.

— T'as pas quelque chose à me dire ? gronde-t-il, visiblement énervé.

— Et toi ? C'était quoi, ce numéro de charme ?

— N'essaie pas de changer de sujet.

— Je ne change rien, moi. Je ne sais même pas de quoi tu parles.

Je mens, et bien, du moins je l'espère. Je n'ai aucune intention de lui parler de l'épée, encore moins avec ce que je viens de voir.

— Cette épée, c'est quoi ?

— Comment je le saurais ?

— Je peux comprendre que t'aies quelques secrets, mais là tu me caches volontairement des infos cruciales sur la présence de ces démons sur Terre !

— Arrête de crier, je ne répondrai pas plus parce que tu gueules !

— Mais toi aussi, tu cries !

— Parce que tu m'agaces à exiger des choses que j'ignore !

— Alors, arrête de mentir !

— Toi aussi !

— Je ne mens pas, moi !

— Et ton numéro de charme de tout à l'heure, c'était quoi ?

Je suis folle de rage à présent, et je me rends compte que j'ai son t-shirt entre mes mains et que je le secoue comme un prunier pour avoir des réponses. Parce que j'ai beau chercher, je ne comprends pas qui est cet homme.

— C'est un petit plus, rien qui mérite que tu t'enflammes !

— Ça, c'est à moi d'en décider, enfoiré !

— Deva, soupire-t-il.

Je le relâche et tente de reculer, mais il me retient. Il est bien trop proche et trop énervé pour que je reste insensible. Son regard sombre brille d'une façon si brûlante que l'effet me déstabilise, et quelque chose me dit que je ne suis pas la seule à me sentir fébrile.

Qu'est-ce qui déconne chez moi ? Cet homme me ment, il me manipule, et je tombe tête la première. Je n'ai qu'une envie : me jeter sur lui, le faire taire avec mes lèvres, et éventuellement que nos corps communiquent plus aisément que nos bouches.

— Si tu m'embrasses, je murmure alors qu'il se rapproche, je t'émascule.

Je le vois sourire. Pour autant, ma menace n'a aucun effet.

— Tu me rends dingue, mon ange.

— Deva ?

Je sursaute et m'écarte rapidement, si vite que Zac vacille.

— Oui ? je réponds à Melody, qui est sur le pas de sa porte.

— Tu as oublié tes clefs.

Eh bien, si j'avais encore des doutes sur mon état, je serais à présent fixée. Je ne suis pas du genre à oublier quoi que ce soit, et certainement pas le manège de Zac. Je récupère mes clefs et remercie Melody.

J'ouvre la voiture, bien décidée à partir d'ici, et tant pis pour les réponses que je n'aurai pas.

— Tu vas me le dire maintenant ? reprend Zac.

Il ne lâche rien. Je peux lui attribuer cette qualité, qui est en train de se transformer en défaut.

— Non, parce que je ne sais rien. Alors, arrête d'insister, sinon je te laisse ici.

Nous nous dévisageons, chacun d'un côté de la voiture, et je me dis qu'heureusement elle est entre nous, sinon je serais probablement déjà pendue à son cou. Son visage dur, sa mâchoire qui se crispe, même ses cheveux ébouriffés, dans lesquels il a trop passé ses mains, me plaisent beaucoup trop.

— Bien, si tu veux la jouer comme ça, on va enquêter chacun de notre côté maintenant.

— Très bien. De toute façon, je n'allais pas m'allier avec un… je ne sais pas ce que tu es, mais clairement pas celui que tu prétends être.

— Ramène-moi, gronde-t-il en ouvrant violemment la portière.

— Je ne rentre pas, je dois aller au casino, enquêter. Donc, soit tu te démerdes pour rentrer, soit tu vas, toi aussi, au casino. Tout seul !

— Tu recommences à crier.

— Parce que tu m'énerves !

Je monte dans la voiture et démarre en attendant qu'il se décide. Je crois que le mieux serait qu'il parte de son côté parce que faire des kilomètres dans cette ambiance va être un enfer.

Mais il finit par grimper à son tour, et j'appuie sur le champignon sans attendre en espérant qu'on arrive avant de s'étriper ou, pire, de baiser.

# Chapitre 13

Le trajet jusqu'au chantier a ressemblé à ce qui se rapproche le plus de ma définition de l'enfer. Zac n'a pas décroché un mot. La tension était si palpable que j'ai l'impression qu'elle me colle à la peau. Je sors de la voiture en inspirant profondément – même l'air était toxique à l'intérieur. Je fais quelques pas en me demandant pourquoi nous en sommes arrivés là.

Il n'est pas honnête avec moi. Je peux comprendre son besoin de taire son passé, de ne pas vouloir raconter son histoire, puisque je ressens la même chose, mais les mensonges sur son identité, ça ne passe pas. Je liste tout ce que je sais de lui, afin de trouver une explication, lorsque je percute sur un point essentiel.

— Ton foutu pouvoir de séduction, tu l'as utilisé sur moi !

Zac, qui me tourne le dos, fait volte-face. La colère n'a pas déserté ses traits. Sa mâchoire se crispe et son regard sombre me fusille.

— J'ai essayé, effectivement, mais ça n'a pas marché.

— Pourquoi ?

— À toi de me le dire.

Comment le saurais-je ? Je ne fréquente pas tous les jours des créatures possédant un tel pouvoir.

Je hausse les épaules en signe d'ignorance, ce qui le fait rire.

— T'es vraiment pas douée pour cacher quelque chose.

Oh, vraiment ? J'aurais pensé le contraire puisque, jusque-là, il ignorait tout de l'épée.

— Je veux dire, reprend-il, dès qu'on te met au pied du mur.

— Je ne comprends rien de ce que tu racontes.

— Tu sais pourquoi mon pouvoir ne marche pas sur toi. Tu ne veux simplement pas le reconnaître.

Il croise les bras sur sa poitrine avec l'air d'attendre que nous en découssions. Hors de question. J'ai tout sauf envie de m'autoanalyser à l'heure actuelle.

— Tu fais ça avec toutes les femmes que tu veux mettre dans ton lit ? je le questionne avec agacement.

— Certaines, oui. Pour d'autres, je n'en ai pas besoin.

Son regard s'adoucit alors qu'il me lorgne sans cacher quoi que ce soit de ses pensées. Zac s'approche dangereusement et si vite que je n'ai pas le temps de reculer.

— C'est ça, le problème, mon ange ?

— Quoi ? je balbutie.

Je suis perdue, tiraillée par ma colère et le désir que j'éprouve encore et toujours pour cet homme, malgré les cachotteries.

— Que je n'ai pas besoin d'utiliser mon don pour te séduire.

— Et pourquoi ça me dérangerait ?

— Je ne sais pas. Peut-être parce que tu ne peux pas dire que c'est ma faute.

— C'est ta faute.

Il rit et recule un peu. L'ambiance se détend. Néanmoins, ma confiance en lui s'est fait la malle et je doute qu'elle revienne avant que je sache la vérité.

— Bon, c'est ici que nos chemins se séparent, je conclus. À plus, Zac.

Je fais demi-tour pour aller rejoindre Jeff, garé plus loin. Je m'attends à ce que Zac rétorque quelque chose, comme il le fait toujours, mais il n'y a que le silence qui me répond. Je crois que je suis déçue qu'il n'essaie pas de me convaincre, de plaider sa cause et d'insister pour que nous poursuivions ensemble. Je me rends compte que, si je lui en veux à cause de ses mensonges, mes cachotteries ne sont pas loin derrière. Nous avons tous les deux été les artisans de l'échec de notre collaboration.

Je repère le pick-up et je le rejoins d'un pas déterminé, bien décidée à me concentrer sur l'essentiel. Retrouver cette épée.

Je grimpe à côté de Jeff, pendu à ses jumelles et pas du tout discret, puisque les abords du chantier sont équipés de caméras.

J'observe devant moi le bâtiment qui prend forme. Bientôt se tiendra ici un casino aux couleurs attractives et à la devanture démesurée, avec son enseigne lumineuse extravagante. La nuit, on pourra l'apercevoir à des kilomètres à la ronde.

— Alors ? demande Jeff.

Je soupire. Je ne sais même pas par où commencer.

— Tout va bien ?

Il a délaissé ses jumelles pour m'observer.

— Oui, c'est juste une journée étrange.

— Tu me racontes ?

Je lui explique ce que nous avons obtenu de Melody sans mentionner la façon dont Zac l'a fait parler.

— C'est bien ce qu'on pensait, alors.

— Oui, il faut les retrouver.

Jeff acquiesce.

— À ton avis, les démons ont été interrompus dans leur crime par qui ?

— Je ne sais pas, mais quelqu'un qu'ils ont préféré fuir, ça ne doit pas être n'importe qui.

— Je suis d'accord. On savait qu'il y aurait du monde à la recherche de cette épée, mais je n'imaginais pas autant de concurrents.

Je suis du même avis. À ce rythme, c'est tout l'enfer qui va débarquer pour l'acquérir.

— Et toi, qu'est-ce que ça donne, la planque ?

— Zac a raison, il y a pas mal de démons… D'ailleurs, il est où, ton prince charmant ?

— C'est pas mon prince charmant.

— Y'a de l'eau dans le gaz ?

Je lui adresse un regard blasé qui le fait rire.

— On n'a pas plus important à faire que de se préoccuper de ça ?

— OK, on se calme, Deva.

— Désolée, je suis un peu agacée.

— Je vois ça. Bon, un petit tour dans les alentours te calmerait ?

Je souris à Jeff. C'est une bonne idée. Puis nous descendons pour gagner le chantier et voir de plus près ce qu'il s'y passe.

Je ne suis pas à l'aise. Mon instinct se réveille et frappe très fort. Il est clair qu'ici, le mal règne. Nous contournons les palissades qui encadrent le chantier et nous arrêtons lorsqu'un interstice nous permet de voir à l'intérieur. Il y a du bruit, des gens rient et… un chien couine. J'écarquille les yeux lorsque je vois une bande de démons jouer au foot avec un pauvre animal. Je sors mes armes, prête à jouer à mon tour pour les dégommer, mais Jeff m'arrête.

— Qu'est-ce que tu fais ? murmure-t-il.

— Mon foutu job.

Il secoue la tête et me fait baisser le canon de mon arme.

— Tu veux mourir ? Ils sont au moins cinquante là-dedans.

Il a raison, je le sais. Pourtant, il me faut encore quelques secondes pour ranger définitivement mon flingue en écoutant les gémissements d'agonie du chien.

— On ne peut pas rester sans rien faire.

Je refuse de simplement tourner les talons, c'est insupportable. Jeff regarde à l'intérieur. Même lui, l'endurci, a du mal avec cette vision d'horreur.

— Qu'est-ce que vous foutez ?! crie une voix sur le chantier.

Je pousse Jeff pour voir ce qu'il se passe. Un autre démon a fait irruption. Celui-là n'est clairement pas un débutant. Il renvoie ses sbires au boulot et achève le chien en sortant une machette afin de lui couper la tête. Il l'exécute comme un bourreau. J'en ai des frissons d'angoisse.

Il s'en va à son tour pendant qu'avec Jeff, nous nous dévisageons.

— C'est pas Zac, là-bas ?

Jeff désigne l'autre côté du chantier, et effectivement c'est bien Zac, occupé à la même chose que nous.

Cet endroit est bien trop étrange, et surtout mal fréquenté. Je ne comprends pas l'intérêt des démons à construire un casino. Un indice doit nous manquer pour avoir le tableau complet. Ils sont trop nombreux, ils doivent travailler pour quelqu'un de puissant. Je reprends mon observation, mais il ne se passe plus rien de ce côté.

— Pour qui il bosse, à ton avis ? je demande sans vraiment attendre de réponse.

— J'en ai une petite idée, me répond une autre voix que celle de Jeff.

Zac nous a rejoints, un sourire amusé sur le visage.

— Et tu attends qu'on te supplie pour nous le dire ?

— Non, je veux juste savoir la vérité.

— Quelle vérité ? intervient Jeff.

— Rien, il se fait des films sur une épée.

Jeff ne sourcille même pas. Il se contente de hausser les épaules en jouant les ignorants. Il est doué pour mentir, bien plus que moi, ce qui m'interloque. Combien de fois m'a-t-il menti ?

— Vous faites une sacrée équipe, poursuit Zac.

— Exactement, dis-je en m'approchant de lui.

Je pose le doigt sur son torse. Il sourit toujours, et ça renforce ma rage. J'ai comme l'impression de me perdre dans un tourbillon de mensonges qui me happe chaque jour un peu plus. Bientôt, je n'aurai plus confiance en personne à ce rythme, pas même en moi-même.

— On n'a pas besoin de toi pour trouver cette info, on a de quoi fouiner à la maison. S'il y a beaucoup de sous-fifres en enfer, les démons capables de lever une telle armée d'ouvriers ne sont pas nombreux. On trouvera, merci de ton aide.

Je lui lance un dernier regard de glace, ce qui le fait rire, puis je m'éloigne.

— Mon ange, j'adore quand tu es comme ça.

Je ferme les yeux pour retenir l'insulte qui me vient à l'esprit et poursuis mon chemin.

Je pensais Jeff derrière moi, mais il s'attarde auprès de celui qu'il pense être un ami.

— Zac ?

— Merci, mais je reste.

Jeff me rejoint, et sans perdre plus de temps, nous gagnons la voiture. Je marche vite, si bien que j'arrive la première au pick-up. Mes nerfs lâchent et je donne un coup de pied dans le pneu que je regrette immédiatement. À quoi il joue, au juste ?

— Heu, ça va ? me questionne Jeff en frottant sa barbe.

— Super !

— Deva…

— J'ai pas envie d'en parler, je le coupe. Je veux juste rentrer et ensuite on fera le point, OK ?

Jeff lève les mains face à ma colère et je m'en veux.

— Désolée de m'emporter, je…

Qu'est-ce que je pourrais dire ? Je suis tellement déçue du comportement de Zac que mes nerfs ne le supportent pas ? Je dois me calmer, canaliser et compartimenter. Zac peut bien me narguer et me mentir, ce n'est pas important. Ce qui l'est, c'est cette foutue épée.

— Désolée, je répète, je vais me reprendre.

— Pas de problème. C'est juste que je voudrais passer à la réserve avant de rentrer.

— Oui, bien sûr. Quitte à être dans le coin, autant y aller.

Je grimpe dans le pick-up en me promettant de garder mes nerfs. Jeff démarre et sort du parking.

— Peut-être qu'on pourrait lui faire confiance ? lâche Jeff.

Devant mon regard choqué, il poursuit.

— Pas pour tout, mais quelques infos contre les siennes. Il a l'air d'en savoir plus que nous.

— Kean saura nous renseigner mieux que quiconque, c'est son territoire.

— J'espère.

Et si ce n'est pas le cas, tant pis, nous laisserons de côté le casino. Pour le moment, ce n'est qu'un chantier qui ne semble pas relié à notre quête. Le plus important, c'est de retrouver les démons supérieurs, puisqu'ils ont l'arme que nous recherchons. Le reste viendra après, quand le plus important sera en sécurité au paradis.

Je dois me concentrer sur ce point, arrêter de divaguer, et surtout arrêter de penser à Zac, à ce qu'il a fait, qui me reste en travers de la gorge, et avancer. Il n'y a pas de place dans ma vie pour un homme aussi agaçant que lui.

# Chapitre 14

Les quelques minutes de trajet qui nous séparent de la réserve suffisent au ciel pour se couvrir de gros nuages menaçants. Super, même le temps n'est pas de bonne humeur !

Nous pénétrons à l'intérieur du territoire des Tahoma Veins. C'est l'heure du déjeuner. Peu de personnes sont dehors, mais certaines nous saluent d'un signe de la main.

Jeff finit par se garer devant la maison de Kean. Celui-ci est sous sa forme d'aigle, perché sur le toit. Il regarde en direction du chantier.

Kean est quelqu'un de plutôt sanguin, qui n'a qu'un but : protéger les quelques descendants qui restent de sa tribu. C'est un guerrier qui a du courage quand il le faut et qui sait faire preuve de sacrifices pour le bien de son peuple. Il décolle de son perchoir en nous apercevant, puis il entre dans sa maison par une fenêtre ouverte. Quelques secondes plus tard, il se présente devant nous sous sa forme humaine.

Il s'approche à grandes enjambées. J'ai l'impression que son corps musclé fulmine. Ses longs cheveux noirs sont attachés bas sur sa nuque, dégageant la rage sur son visage crispé et la colère dans son regard noir.

— Salut, dis-je alors qu'il se plante devant nous.

Il hoche la tête, puis nous invite à entrer. L'odeur qui règne dans la petite maison me fait saliver. Nous avons bien fait de venir ici à l'heure du repas.

— Vous avez faim ? demande notre hôte.

J'acquiesce avec enthousiasme, ce qui le déride un peu. Nous installons deux couverts de plus et Kean nous sert un ragoût de poisson auquel je fais honneur. Une fois les banalités d'usage passées, nous entrons dans le vif du sujet.

— Je suis désolée, je commence, pour le casino.

Kean se tend, j'imagine qu'il a dû se battre pour que ce projet ne se concrétise pas.

— C'est pas fini, je ne vais pas les laisser s'installer aussi facilement.

— Légalement, qu'est-ce que tu peux faire ? interroge Jeff.

— La créature à la tête de cette merde a tous les représentants officiels dans sa poche.

— Ce sont des démons, rien n'est net avec eux.

— Ouais. Le conseil de la tribu a décidé que les membres de la réserve ont interdiction d'y mettre un pied. Je ressens des trucs bizarres dès que je m'en approche.

— Comme s'ils t'appelaient ? demande Jeff.

Kean acquiesce. Je n'ai rien ressenti de tel lors de notre escapade, j'aurais même voulu me barrer au plus vite.

— Pas toi ?

— Non, c'est même tout le contraire, j'étais mal à l'aise.

— Encore un truc que ton pouvoir te permet d'affronter.

— Sois pas jaloux, t'as pas de décharges dans la tête dès que ça sent trop le démon.

Kean nous observe, l'air perdu, nous chamailler comme un vieux couple.

Je me reprends et mange quelques bouchées supplémentaires de son ragoût.

— Tu comptes faire quelque chose ? l'interroge Jeff.

Il soupire en secouant la tête. Que pourrait-il faire, de toute façon ? Se battre seul et mourir ? Aucun intérêt.

Nous avons rencontré Kean sur une affaire de démons de second ordre qui sévissaient près de la réserve. Kean était méfiant au début, ne nous révélant que peu d'informations. Puis, au fil du temps, il a compris qu'avec notre aide, les choses iraient plus vite. Depuis, nous restons en contact pour tout ce qui relève du surnaturel. Mais pas cette fois. Et je me demande ce qui l'a empêché de nous prévenir.

— Évidemment, je ne vais pas les laisser s'installer sur nos terres sans protester, et si un seul des Tahoma Veins est blessé...

Il ne termine pas sa phrase. C'est inutile, nous savons qu'il entrera en guerre si tel est le cas.

— Ça ne devrait pas tarder, reprend-il. Un tas de démons vont et viennent ces derniers temps. Il ne faudra pas longtemps à l'un d'eux pour tout foutre en l'air.

— C'est pour ça qu'on est là, justement.

— Il n'y a pas grand-chose à dire, à part que beaucoup rentrent blessés et que la terre gronde.

Les Tahoma Veins ont un pouvoir tellurique, qui se révèle un excellent allié pour leur subsistance. Ils sont aussi réceptifs à ce que la Terre ressent de mauvais. Kean est aussi capable de se transformer en aigle, ce qui s'avère très pratique pour espionner discrètement depuis les cieux.

— Normal, lâche Jeff, avec ce qui traîne ici, moi aussi, je serais sur les nerfs. Rien d'autre ?

— Non, mis à part qu'ils se battent aussi entre eux, comme s'ils ne faisaient pas partie de la même équipe.

Oui, plusieurs camps ont dû se former en enfer pour récupérer la précieuse arme.

— Tu sais qui est le grand chef ?

— Non. Pour le moment, je n'ai vu que des démons de bas étage, aucun chef dans le coin. On a essayé d'en questionner certains, mais rien, des tombes.

Tant pis, nous n'obtiendrons pas plus d'infos sur ce point.

Nous discutons ensuite de la vie de la réserve, de tout et de rien, puis nous quittons Kean avec, pour ma part, un sentiment désagréable. Alors, après l'avoir remercié pour ce déjeuner et ces quelques infos, je prends les devants.

— Pourquoi tu ne nous as pas appelés pour le casino ?

Kean détourne le regard vers le ciel toujours menaçant, l'air perdu.

C'est difficile de voir un homme comme lui, fort et fier, ne plus savoir à quel saint se vouer. Je le comprends. Moi-même, en ce moment, je me demande ce qui est vrai ou ce qui relève du simple fantasme.

— Je veux régler ça par moi-même. Mais, si jamais j'ai besoin d'aide, je sais que je peux compter sur vous à présent.

Je reconnais bien là sa fierté. Il a raison, rien n'est encore perdu et il a suffisamment de courage et de hargne pour combattre.

Je lui confirme qu'en cas de besoin, il peut compter sur nous, puis nous quittons la réserve pour la maison. En chemin, la pluie fait son apparition alors que je médite sur ce début de journée insensé, appuyée contre la vitre du pick-up, qui s'embue. Nous allons devoir passer en revue toutes nos informations et faire le tri pour chasser les déchus, en espérant qu'ils soient toujours en possession de l'épée.

* * *

— Deva, Deva, Deva…

Je suis réveillée par Morgane, qui scande mon nom tout en secouant mon épaule. Je grogne. Pour une fois que je ne faisais pas de rêves étranges, il faut que mon sommeil soit interrompu.

— Qu'est-ce qu'il y a ? je demande sous son air amusé.

— Rien, mais il est 16 heures. On devrait bosser un peu avant que Jeff ne finisse par épuiser toutes nos munitions.

Je bougonne, mais je me lève. Elle a raison, on doit avancer. Il sera toujours temps de dormir quand nous aurons trouvé cette épée.

— Est-ce que tout va bien ? me demande mon amie une fois que je suis debout.

Je tends mes deux pouces, en essayant de sourire, ce qui ne semble pas fonctionner.

Morgane me fait asseoir sur mon lit.

— Jeff a dit que c'était tendu avec Zac.

— Jeff devrait cesser les commérages.

Elle attend que je poursuive patiemment. Je finis par soupirer et lui raconte mes déboires avec Zac. Une fois que j'ai tout déballé, je me sens totalement vidée.

Morgane ne dit rien. Elle se contente de m'observer d'un drôle d'air.

— Je sais que c'est stupide, mais je me sens trahie et déçue, tellement déçue, alors que je le connais à peine.

— Ce n'est pas stupide, bien au contraire. C'est que tout n'est pas perdu te concernant, puisque tu as complètement craqué sur lui.

Je ris. L'optimisme, c'est quand même un concept fou qui vous pousse à voir du bon même quand tout semble foutu.

— C'est normal, ce que tu ressens. Il t'a caché des choses, mais on ne peut pas dire que tu aies été honnête non plus. Tu dois pouvoir te mettre à sa place et envisager les choses de son point de vue.

— Je ne cache rien, mis à part l'épée.

— Tu lui as dit, pour ton pouvoir ?

Je lève les yeux au ciel.

— De quel côté tu es, au juste ?

— Du tien, toujours, et c'est pour ça que j'essaie de t'ouvrir les yeux sur tes erreurs. Vous êtes à égalité, Deva, et sûrement que vous vous ressemblez un peu trop sur le point de la confiance dans une relation : vous allez à votre rythme et ça peut blesser.

Morgane m'attire dans ses bras pour me faire un câlin. Je me sens mieux d'avoir tout dit et que Morgane m'ait écoutée au sujet de mes déboires avec un homme à qui je ne devrais pas donner autant d'importance. Mais depuis quand on contrôle ce que l'on ressent ? Elle a raison : une fois la colère effacée, c'est plus simple de voir que je ne suis pas blanche comme neige dans cette histoire. Je lui reproche des choses que je ne suis pas capable, moi-même, d'offrir. Je devrais mettre de l'eau dans mon vin et l'appeler, mais pas aujourd'hui. Quand nous aurons retrouvé l'arme et que j'aurai moins de pression sur les épaules, je serai sûrement plus calme pour discuter.

Nous quittons ma chambre pour le salon, où Jeff nous attend en sirotant une bière. Jesse est absente, puisqu'elle travaille.

— Bon, dis-je en effaçant le tableau blanc des traces de notre braquage, il est temps de recenser les infos.

Nous avons remarqué, lorsque nous sommes impliqués dans une affaire compliquée, que mettre à plat les événements pour trouver un fil conducteur nous permet de mieux réfléchir.

Je récupère le feutre et commence à noter ce que nous savons. L'épée était chez Archie, qui s'est fait dérober son bien par trois démons supérieurs, envoyés par Lucifer, avant de se faire tuer. Ensuite, les démons ont tenté de tuer une âme pure, Melody, pour attirer un ange sur Terre, mais ils ont été interrompus par quelqu'un qui a mis le feu à sa maison. Les démons ont ensuite essayé avec le garagiste, et là, c'est Zac et moi qui avons fait avorter leur plan. Nous en avons tué un, et les deux autres courent toujours avec l'épée.

— Jusque-là, c'est bon ?

— Oui. Maintenant, il faut trouver les démons, tout comme il faut découvrir l'identité de celui qui leur met des bâtons dans les roues.

— Ça fait beaucoup de possibilités, tout ça. Combien de démons supérieurs peuvent se la jouer solo ou envoyer des troupes sur Terre afin de devancer Lucifer et, à terme, de le détrôner ? Surtout qu'ils ont besoin du sang d'un archange, pour activer l'épée, et de l'incantation.

— Ils sont très nombreux ! s'exclame Morgane. L'enfer… eh bien, c'est l'enfer. Même s'il y a une hiérarchie, on sait qu'elle tient grâce à la peur, et si un démon est en possession d'une arme capable de tuer Lucifer, je ne donne pas cher de sa peau, les autres se rallieront au plus fort.

J'aurais presque de l'empathie pour ce pauvre Lucifer, qui, en plus de combattre les anges, va devoir faire face à des ennemis dans son propre camp.

— Comment retrouver les démons ? je demande. Si on part du principe qu'ils ont encore l'épée, c'est sur eux qu'on doit se concentrer.

Jeff ricane en ouvrant une autre bière alors que nous attendons qu'il nous éclaire de sa lanterne.

— Si vous deviez chercher une âme pure, vous iriez où pour la dégoter ?

Je fronce les sourcils avant que la réponse évidente me vienne.

— Une église.

— Voilà. Je serais eux, je ferais les sorties de messes. C'est un vivier à grenouilles de bénitier.

Morgane est déjà en train de taper sur son ordinateur. À peine quelques minutes plus tard, l'imprimante sort une carte des églises du comté, que j'épingle au tableau.

— Il en faut une assez isolée, mais avec de la population à proximité.

Tout le monde se regroupe autour de la carte. J'en barre certaines d'office, celles qui sont en centre-ville. Il en reste deux en campagne, que je souligne.

— Quel jour on est ? je demande.

— Jeudi.

Ce qui nous laisse trois jours pour mettre en place un dispositif autour de ces deux édifices religieux.

— On va devoir se séparer, soupire Morgane.

Oui, c'est l'inconvénient, mais même si les démons sont assez forts, si nous nous préparons bien, ils sont prenables par une équipe réduite.

— Parfait, dit Jeff en souriant. J'aime quand on a un plan. Il n'y a plus qu'à l'exécuter.

Il quitte le salon pour aller dans sa chambre. J'imagine qu'il va faire l'inventaire des armes.

Nous fixons le tableau, avec Morgane. J'ai une tonne de « et si » qui viennent encombrer ma tête, tout comme celle de Morgane, j'ai l'impression.

— On devrait faire comme lui, se dire que ça va marcher et voir ensuite, dit-elle.

J'acquiesce. C'est ce qu'il y a de plus sage, et surtout notre seule solution.

— Morgane ?

— Oui ?

— Si notre plan fonctionne, qu'on élimine les démons, Archie devra quitter ce monde pour le prochain.

— Je sais, soupire Morgane, qui s'est décidément trop attachée à cette créature.

— Il sera mieux là-bas. Enfin, j'imagine. Après tout, c'est le paradis qui l'attend.

Morgane semble triste. En quelques jours, il a su prendre une place spéciale auprès de la jeune femme.

— Il y a peut-être une solution, j'avise sans conviction.

— Non, il n'y en a pas, j'ai déjà fait quelques recherches.

Morgane me sourit tristement, puis elle récupère son ordinateur et m'informe qu'elle va rejoindre Archie dans sa maison. Je lui propose de l'accompagner, mais elle décline.

J'attends qu'elle parte, puis je me remets à contempler le tableau en espérant que tout fonctionnera, que nous parviendrons à trouver cette épée et, enfin, à couronner cette quête de succès.

# Chapitre 15

Je suis penchée sur des photos satellites de l'église qui nous a été assignée, à Morgane et à moi. Jeff et Jesse feront équipe ensemble. Notre église est desservie par trois routes, qui convergent à environ trois cents mètres de l'édifice. Ce qui limite déjà les possibilités de fuite. Je doute que les démons les empruntent de toute façon – jusque-là, ils se sont déplacés à pied. Et ils ne sont probablement pas assez élevés dans l'échelle de l'enfer pour avoir droit à la téléportation, auquel cas celui du garage s'en serait servi avant de se faire déchiqueter par Zac.

Le parking est au nord de l'église, et derrière celui-ci commence une forêt. Tout autour, il y a des champs et la vue est trop dégagée pour agir en plein jour sans se faire remarquer. Si j'étais un démon, c'est donc à l'orée du bois que j'attendrais la victime idéale. Il va donc falloir que nous planquions ici avec Morgane, un peu à l'écart afin de pouvoir observer sans être vues.

L'une des alertes Google que Morgane a programmées me sort de ma concentration. Je clique sur le lien et découvre qu'un ado a disparu à Goldenside. Je lis rapidement les informations, puis, sans perdre de temps, je vais m'équiper. Je suis seule. Morgane est dans la maison d'Archie, où elle tente de raviver sa mémoire pour obtenir plus d'informations. Enfin, ça, c'est selon ses dires. Selon moi, elle aime être là-bas avec lui. Quant à Jeff, il l'a accompagnée et il va profiter du voyage pour rendre visite à son ami Rick afin de commander des munitions célestes.

Une fois équipée, je quitte la maison et grimpe dans le pick-up pour rejoindre le bureau du shérif. L'enfant a disparu depuis trois heures, les recherches peuvent être fructueuses si les effectifs sont importants. J'ignore si c'est un acte démoniaque, mais compte tenu de la population actuelle dans le coin, je miserais quand même dessus.

Lorsque j'arrive en ville, une foule se presse devant le bureau du shérif. Je me gare à quelques mètres et rejoins l'attroupement. Il y a de tout : des fermiers, le fleuriste, les serveuses du restaurant, et même le pasteur. Tous sont armés et bien décidés à retrouver cet adolescent. Je cherche à obtenir un peu plus d'infos, mais personne n'a l'air au courant de ce qui s'est réellement passé. Tout comme moi, ils ont simplement répondu à l'appel des autorités. Je n'ai pas réfléchi avant de partir et je comprends ce qui les anime, ce besoin de se savoir en sécurité dans sa ville, de savoir sa famille hors de portée de tout danger. C'est mon quotidien, finalement : faire en sorte que ces gens puissent vivre sans devoir regarder derrière eux à chaque pas.

Je m'apprête à aller à la pêche aux infos, en entrant dans le bureau du shérif, lorsqu'un souffle vient me chatouiller la nuque. Une voix suave m'interpelle.

— Bonjour, mon ange.

Zac.

Je me retourne pour le fusiller du regard. Lui arbore son éternel sourire qui fait des ravages.

— Qu'est-ce que tu fais là ?

— Je prépare une fête... À ton avis ?

Question stupide, en effet.

— Tu as un peu plus d'infos que le message qu'ils ont diffusé ? me demande-t-il tout en reluquant les hôtesses d'accueil, qui minaudent.

— Non.

Mon ton est sec, ce qui a le mérite d'éveiller un peu plus son attention.

— Je croyais que tu ne boudais pas, que tu étais adulte et blablabla.

— Je ne boude pas.

— Ça en a tout l'air, pourtant.

— Écoute, on n'est pas obligés de revenir sur…

Je suis interrompue par le shérif, qui sort sur les marches de son bureau, accompagné par la famille, munie d'une photo format poster de l'enfant. Je les reconnais : ce sont les O'Connor, des fermiers qui vivent de l'autre côté de la ville.

— Bonjour à tous et merci d'être là, commence le shérif. Le temps presse, alors je vais faire vite. Lewis a disparu il y a un peu plus de trois heures. Il travaillait dans le jardin de sa maison, à l'orée du bois. Sa famille a parcouru quelques kilomètres dans la forêt avant de nous prévenir de sa disparition. Ils ont retrouvé l'une de ses chaussures à deux kilomètres au nord. On penche donc pour un enlèvement. Nous allons nous organiser pour les recherches…

Je n'attends pas plus d'explications. Je me dirige vers le pick-up afin de gagner le bois. Je ne remarque Zac que lorsqu'il s'installe sur la banquette.

— Qu'est-ce que tu fais ?

— Je viens avec toi. À nous deux, on a plus de chances que toute la ville.

Sa confiance en lui est agaçante. Néanmoins, il n'a pas tort. Ils vont perdre un temps fou en organisation et beaucoup d'entre eux vont négliger des indices importants. C'est pour ça que j'ai pris les devants, avant que le terrain soit piétiné par une centaine de personnes. Il a aussi raison sur un autre point : ensemble, nous serons plus performants.

Je démarre et nous quittons la ville pour la forêt. Je ne vais pas passer par la propriété des O'Connor. À la place, je décide de prendre le bois à contresens, pour remonter jusqu'à leur ferme si besoin.

— Qu'est-ce que tu fais ? m'interroge Zac en voyant que je m'éloigne de la ville.

— Je passe par la forêt.

— Pourquoi, tu ne veux pas remonter les traces ?

J'inspire lourdement. Zac n'est pas Jeff. Si je lui dis que je sens que cette disparition n'a rien à voir avec les humains, il risque de me prendre pour une folle.

— Deva, tu m'expliques ?

— OK. J'ai le sentiment que c'est démoniaque.

Le silence se fait dans la voiture durant quelques instants, pendant lesquels je me demande ce qui lui traverse la tête. Je tente un coup d'œil dans sa direction : il n'a pas l'air amusé. Il est même très sérieux et concentré.

— Qu'est-ce qui te fait penser ça ?

— Je ne sais pas. Un pressentiment, mon instinct, quelque chose qui me dit qu'il y a un truc de mauvais, de pas humain.

— OK. Alors, c'est quoi, le plan ?

— OK ? Tu ne te moques pas ? Tu ne me contredis pas ?

Je suis surprise, ce qui est à peu près toujours le cas avec lui.

— Mon ange, mes mains diffusent une énergie capable de guérir des blessures démoniaques. Pourquoi je me moquerais de ton instinct ?

De ce point de vue, il est vrai que plus rien n'est vraiment étonnant.

— À un kilomètre environ de l'endroit où ils ont trouvé la chaussure, il y a une route. Si Lewis a été enlevé par un humain, je pense que c'est à cet endroit qu'on perdra sa trace. Mais si c'est un démon, il poursuivra dans les bois, là où il n'y a plus de sentier et où la forêt est trop dense pour être ratissée sans matériel. C'est forcément quelqu'un qui connaît le coin.

— Ça se tient.

— Ravie que tu sois d'accord.

Je me gare sur le bord de la route une fois parvenue à l'endroit que j'ai choisi pour commencer les recherches. Je prends l'un des sacs qui traînent derrière la banquette. À l'intérieur, il y a de l'eau, une boussole, un téléphone satellite, des lampes torches, des couvertures de survie et de quoi manger. Sur le côté, une machette qui nous sera grandement utile pour avancer.

Zac s'en amuse.

— Si on doit passer la nuit dehors, tu seras bien content d'avoir de quoi te nourrir et te tenir chaud.

— Mon ange, dit-il en s'approchant de moi, il y a une technique plus simple pour se tenir chaud quand on est deux.

Je lève les yeux au ciel sans répondre, puis je m'élance à travers les arbres. Nous n'avons que très peu de chances de retrouver Lewis si mon intuition est bonne. La zone s'étend sur des kilomètres carrés, et à deux, impossible de tout vérifier. Il faudra compter sur la chance en plus du reste.

— Est-ce que tu sais où tu vas ?

Pas du tout.

— Bien sûr, je ne pars pas en forêt sans un point de repère.

Pour l'instant, il s'agit de ma voiture, qui est derrière nous. Ensuite, quand nous serons trop avancés pour que je discerne quoi que ce soit, eh bien, il faudra sortir la boussole.

— T'as l'air stressée.

Il me rattrape et marche à mes côtés. Pour le moment, le terrain est encore assez dégagé. Zac arrache quelques feuilles au passage et me les lance dans les cheveux.

— Et toi, bien trop calme. Un ado a disparu, je te rappelle.

— Je sais, mais paniquer ne m'aidera pas à le retrouver.

— C'est certain. Néanmoins, c'est humain d'avoir peur pour la vie de ce gamin.

Il se tait. Au bout de quelques pas, je tourne la tête pour l'observer. Grosse erreur : je manque de me vautrer en me prenant les pieds dans une racine. Zac me rattrape. Je me dégage et reprends mon chemin et ma dignité. Je n'ai pas besoin d'aide.

— Tu penses que je ne suis pas humain ?

— Je pense que tu caches trop de choses pour que j'affirme quoi que ce soit te concernant.

— Je te retourne le compliment.

— Ça n'en était pas un.

Il attrape mon bras et me stoppe. Son regard plonge dans le mien et sa mimique étrange, qui a fonctionné sur Melody, est de retour.

— Ton truc ne fonctionne pas sur moi.

— Je sais.

— Alors, pourquoi tu persistes ?

— Parce que c'est la première fois que ça m'arrive. Il n'y a que toi que je n'arrive pas à séduire en un clin d'œil.

— Tu voudrais que je m'excuse ?

— Non, dit-il en riant. Je veux comprendre.

— Comment je saurais ce qui déconne chez toi ?

Je reprends mon chemin en laissant Zac cloué de surprise. Je souris. Je crois qu'il n'avait pas pensé que ça pouvait être lui qui débloque. Il lui faut quelques secondes pour me rattraper.

— Rien ne déconne chez moi, reprend-il. C'est toi qui es… différente.

— Je ne suis pas un monstre.

— Je sais, tout comme je n'en suis pas un non plus.

Peut-être. Le concernant, je me garderai bien d'être catégorique. C'est trop étrange, tous ces pouvoirs qu'il a et sa façon de les utiliser, tantôt avec altruisme, tantôt avec égoïsme. Cela dit, je suis mal placée pour le juger, comme me l'a fait remarquer Morgane : je suis comme lui. Je pense tout de même avoir un argument implacable : la quête de l'épée m'oblige à mentir, mais lui, qu'est-ce qui le retient de m'avouer la vérité ?

— Tu ne vas pas le reconnaître, n'est-ce pas ?

— Quoi ?

J'étais prise dans mes pensées, si bien que j'ai perdu le fil de notre conversation.

— Que je ne suis pas un monstre, moi non plus.

— La monstruosité peut prendre beaucoup de formes.

Il m'arrête de nouveau, le regard voilé par quelque chose qui me fait frissonner, comme si je l'avais blessé.

— Et le bien aussi, souffle-t-il.

La tête penchée, il m'observe en guettant mes réactions, et l'espace de quelques secondes fugaces, j'ai l'impression de faire face au véritable Zac. Pas celui qui se cache derrière de l'humour ou un ego trop imposant, mais bel et bien l'homme qui n'a plus peur de montrer ce qu'il ressent. Ses traits trahissent alors une certaine douleur et ses iris se mettent à briller un peu trop.

Est-ce encore l'un de ses tours ? Est-ce qu'il est vraiment honnête cette fois ? Est-ce qu'il tient à me faire comprendre quelque chose ? Je suis subjuguée par ce que je vois, puis l'instant passe. Il détourne le regard sur les arbres qui nous entourent et je reviens sur terre.

Cet homme, quoi qu'il fasse ou qu'il dise, me fait ressentir des choses incompréhensibles. Habituellement, soit j'ai envie de lui, soit j'ai envie de le tuer. C'est comme s'il n'y avait pas de juste milieu avec Zac ; il est toujours dans les extrêmes. Et, là, pour une fois qu'il met un peu de mesure dans ses propos et dans sa façon de se comporter, j'arrive encore à ressentir une excitation face à lui.

Il se penche vers moi. Je me fige. Je suis prise au piège. Tiraillée entre ce que j'éprouve et ce que je redoute. Je n'ai pas le temps de me préparer à quoi que ce soit. Je m'attends donc au pire comme au meilleur. Pourtant, il ne se produit rien. Il récupère juste la machette dans la poche du sac et la brandit.

— Je crois qu'on va en avoir besoin.

— Hein ?

Il rit pendant que je sens mes jambes fébriles. Je dois rester lucide, cesser d'essayer de le comprendre et de succomber un peu plus à chacune de ses paroles.

*La vie d'un gosse est en jeu, Deva !*

Zac me montre ce qui se dresse devant nous : des fougères aussi hautes que lui. Il va falloir se frayer un chemin dans cet environnement hostile.

— Allez, mon ange, dit-il en plaçant la machette sur son épaule, en route pour l'enfer !

Je ris en le suivant. Il a l'air de s'y connaître, puisqu'il m'indique de bien rester dans son sillage.

— C'est pas ta première balade en forêt ?

— Non, j'ai déjà traqué des démons au Brésil.

Ce qui devait être doublement dangereux, étant donné la faune qui fréquente la forêt amazonienne, sans compter la température et l'humidité.

— Et tu les as eus ?

— Évidemment, je parviens toujours à mes fins.

Je n'en doute pas. L'obstination est même l'un de ses traits de caractère principaux. Ce que j'admire, mais qui devrait me rendre méfiante. S'il est capable de traverser la forêt amazonienne pour débusquer des démons, qu'est-ce qui l'arrêtera me concernant ? Jusqu'où il ira pour déterrer mes secrets ?

# Chapitre 16

Nous marchons depuis deux bonnes heures quand je décide de prendre une pause. Zac aménage rapidement un petit espace au-dessus des racines, et nous nous asseyons pour boire et reprendre notre souffle. Les recherches ne donnent rien pour l'instant, aucune trace qui nous permettrait de savoir si nous sommes sur la bonne voie ou de savoir si quelqu'un est passé par là.

— Je crois qu'on perd notre temps, je lâche en soufflant.

Zac observe le ciel, que nous distinguons à peine à travers les branches. Bientôt, il fera nuit et ça compliquera davantage notre progression.

— Je ne crois pas. Au mieux, on le retrouve ; au pire, on élimine une possibilité. Ce n'est pas négligeable.

C'est certain. Néanmoins, j'avais bon espoir d'avoir pris la bonne décision. J'étais certaine que c'était démoniaque. À présent, je doute de plus en plus.

— Peut-être que c'est les démons supérieurs, je reprends. Après tout, un enfant, c'est pur.

— Lewis n'est pas ce que l'on peut qualifier de pur. Il organise des rave-parties où l'alcool coule à flots.

— Comment tu sais tout ça ?

— J'ai assez fréquenté les bars et les restaurants de la ville pour écouter tous les commérages.

— Et le coiffeur ?

— Je n'y ai pas encore mis les pieds.

Il me sourit en passant la main dans sa tignasse.

— Tu comptes me parler de cette épée ?

Je soupire. Il est tenace.

— Toi qui sais tout, je suis étonnée que tu n'en saches pas plus à ce sujet.

— Enfin ! s'exclame-t-il.

— Quoi ?

— Tu n'as pas nié. On progresse, mon ange.

— Je n'ai rien confirmé non plus. Je me posais juste une question.

— Je sais tout de cette épée.

— Dans ce cas, pourquoi tu me harcèles ?

Zac se lève et reprend la machette.

— Je n'aurai pas encore une fois cette discussion avec toi.

Je me redresse et remets mon sac à dos en place. Je suis de nouveau perdue. Il est trop énigmatique pour que je me risque à quoi que ce soit. Zac serait bien du genre à prêcher le faux pour avoir le vrai.

— Une petite dispute te fait peur ? je le taquine.

— Non, pas la dispute, mais l'état dans lequel ça me met, oui.

— Quel état ?

Il me sort son sourire en coin tout en haussant les sourcils. La lumière arrive jusqu'à mon cerveau et je suis certaine de rougir.

— Tu sais lequel, dit-il d'une voix suave, et on n'a pas le temps pour ça.

Effectivement, restons concentrés sur notre objectif. Il sera toujours temps de se prendre la tête après, une fois que Lewis aura réintégré sa famille. L'épée sera toujours un secret que je tairai, et Zac cherchera toujours des réponses. Autant dire qu'on n'a pas fini de s'affronter à ce sujet.

Nous reprenons notre route. Nous marchons encore quelques minutes lorsque je me rends compte que Zac n'a pas l'air fatigué et ne témoigne d'aucune baisse de rythme dans son entreprise de déblayer le terrain. Il fend l'air avec la machette et coupe les obstacles avec la même énergie qu'au début. C'est stupéfiant ! Je m'apprête à lui en faire la remarque quand un bruit nous arrête tous les deux.

Nous tendons l'oreille. Le même son résonne de nouveau. Il y a pas mal de bruits, dans ce lieu, avec les animaux et le vent, mais celui-là est bien identifiable.

Je l'ai entendu plein de fois à la maison, lorsque Jeff se défoule dans le jardin.

— Quelqu'un coupe du bois, je murmure.

Zac acquiesce. Nous guettons le retour du bruit pour avancer dans sa direction. Mon cœur s'emballe. Pourtant, il y a plus de chances que ce soit un simple bûcheron plutôt qu'un démon. Aucun démon ne coupe du bois. Ils n'ont pas froid, n'ont pas besoin de lumière pour voir, et quant à leur repas, ils le préfèrent cru.

Nous avançons prudemment. Nous tentons de réduire le bruit de nos pas au maximum et sans couper de branches. C'est très compliqué. Si c'est le ravisseur de Lewis, il a trouvé la bonne planque. Il va forcément nous entendre ou nous voir arriver à cause des branchages qu'on est obligés de dégager pour nous frayer un chemin.

Nous sommes courbés. Mon sac commence à me gêner. Je décide de le laisser en chemin et de saisir mes armes. Quelque chose vient chatouiller mon instinct. Peut-être l'envie trop forte de retrouver cet ado. Avec la fatigue et le stress, je ne peux plus trop faire confiance à la réflexion. Je laisse mon instinct prendre le pas – lui sait faire face au danger.

Zac tend la main derrière lui pour que je m'arrête. Nous nous accroupissons au milieu des fougères. Il me fait face et me désigne la gauche. Je guette. Il y a du mouvement à quelques pas de nous. Pourtant, nous entendons encore quelqu'un d'autre couper du bois. Des gémissements étouffés nous parviennent aussi, ainsi que des murmures.

C'est quoi, ce bordel ?

Combien ils sont ? J'adresse un regard d'incompréhension à Zac tout en restant aux aguets. J'ai l'impression d'entendre comme des « chut » répétés, encore et encore. C'est très étrange, au cœur de la forêt, et ça ne me rassure pas du tout.

Zac désigne mon second flingue, encore dans son holster. Il insiste pour que je le lui donne. Je m'exécute. Nous ne serons pas trop de deux à être armés s'ils sont plusieurs. Il me parle avec des signes. Je crois que je comprends où il veut en venir. Zac souhaite que nous nous dirigions vers les voix plutôt que vers le bruit de la hache. Je hoche la tête. Il compte jusqu'à trois, et nous nous redressons comme un seul homme pour franchir les derniers pas qui nous séparent des autres. Les branches me cinglent le visage et le cou. Je continue en fermant à moitié les yeux, puis nous débouchons dans une sorte de minuscule clairière, nos armes brandies.

Je repousse mes cheveux et les feuilles de devant mes yeux pour apercevoir une femme à genoux, près des corps d'une petite fille et de Lewis, inanimés.

— On a de la visite ! crie la femme.

Zac la tient en joue, alors j'en profite pour m'approcher des enfants. La fille est morte depuis plusieurs jours, vu l'état de son cadavre. Quant à Lewis, je retiens mon souffle en posant mes doigts sur sa carotide.

— Il est vivant.

Des pas lourds s'approchent. Je ne perds pas de temps. J'empoigne la femme et la tiens contre moi, le canon de mon arme sur sa tempe. L'homme débarque avec sa hache et les yeux rouges, bien décidé à en découdre.

Merde.

Ma menace ne sert à rien. Il charge directement sur moi. Zac lui tire dessus et atteint le cœur alors qu'il allait me fendre le crâne avec sa hache.

— Albert ! crie la femme en s'échappant de mes bras pour se jeter vers la poussière qui résulte de son ami.

Puis elle se jette sur Zac.

— Ne la tue pas ! je crie.

Je veux savoir ce qu'elle trafique avec ces enfants. Je veux des réponses, et c'est notre seule chance.

Zac me jette un regard embarrassé, puis il va à la rencontre de la femme, qui, toutes griffes dehors, ne compte pas l'épargner. Le combat commence et j'observe Zac avec attention. Il est doué. Il anticipe les coups de son adversaire aveuglée par la colère et cherche à la sonner.

Elle se jette sur lui. Ils roulent au sol et disparaissent dans les fourrés, me privant du spectacle.

J'entends des bruits de coups, des gémissements, puis un hoquet de stupeur de la part de la femme et ses paroles :

— C'est toi !

Ensuite, plus rien durant de longues secondes, et finalement un coup de feu, qui me fait sursauter.

— Zac ?

— Je vais bien.

Je souffle lorsqu'il apparaît avec simplement quelques traces de griffures au visage.

— Désolé, dit-il en reprenant son souffle. Elle était coriace.

Tant pis, nous n'aurons pas de réponses à nos questions… En attendant, le plus important est là : Lewis.

— T'es en état de le soigner ?

— Je vais essayer.

Il s'approche et s'agenouille près de l'adolescent. Zac ferme les yeux. Ses mains survolent le corps étendu. Je sens comme une chaleur émaner de lui. Je recule, mal à l'aise, sans savoir pourquoi. Je me tiens en retrait le temps qu'il termine. Mon regard tombe sur le corps de la petite fille. Mon Dieu, elle est… dévorée par les vers, et l'odeur est pestilentielle.

Je m'éloigne et inspecte le coin : il n'y a rien, aucun indice, aucune trace de quoi que ce soit. Ils n'avaient pas d'affaires. C'est très étrange, ce couple de démons qui kidnappe des enfants. Dans quel but ?

Le gémissement de Lewis me tire de mes pensées. Je me précipite à ses côtés. Il a les yeux ouverts. La peur se reflète dans ses iris et je m'empresse de le rassurer.

— Tout va bien, on va te ramener à tes parents.

Il fond en larmes et se blottit d'un coup dans mes bras. Surprise, je le serre comme je le peux, devant le regard amusé de Zac. Je suis désemparée. J'ignore quoi faire de plus pour qu'il se calme.

— Aide-moi, je murmure à Zac.

Il se contente de rire. Lewis ne me lâche plus. Il se cramponne aussi fort qu'il le peut et j'imagine que ma simple présence le réconforte.

— On devrait y aller, m'informe Zac.

La nuit tombe. Ça va être un enfer, surtout avec un ado en piteux état. Je me lève tant bien que mal et nous partons. Nous récupérons mon sac en chemin. La lampe torche nous sera utile. J'indique à Zac de laisser des traces de notre passage pour que les autorités puissent revenir sans problème et ramener le corps de la petite fille, en espérant qu'ils pourront trouver ses proches. Nous faisons quelques pauses. Lewis est épuisé par les événements.

— Les enfants te font peur ? m'interroge Zac.

— Pas vraiment, c'est juste que je ne les comprends pas.

— Comment ça ?

— Je n'ai pas de souvenirs de mon enfance.

— Merde, je ne savais pas… Pourquoi ?

— J'ai perdu la mémoire. Mes plus lointains souvenirs datent d'il y a cinq ans.

Le silence revient. Je crois que j'ai cloué le bec à ce monsieur trop sûr de lui. Les animaux nocturnes font beaucoup de bruit et perturbent ma sérénité. À chaque son, j'ai l'impression que d'autres démons vont nous sauter dessus.

— Qu'est-ce qui s'est passé pour que tu oublies tout ?

— Une attaque de démons. C'est Jeff qui m'a trouvée et soignée.

Zac m'observe avec une certaine empathie qui me surprend.

— Je suis désolé, Deva. Ça a dû être violent.

— C'est comme ça.

Même si j'aimerais qu'il en soit autrement, je ne peux rien y faire.

— Je garde bon espoir qu'un jour, ça reviendra. Alors, je découvrirai qui je suis réellement, d'où je viens et qui est ma famille. J'aurais une véritable histoire, des racines…

Je me tais en me rendant compte que je m'expose plus que nécessaire. Zac n'a pas besoin de connaître mes angoisses. Il saisit mon bras pour que je m'arrête. Seule ma lampe torche, orientée vers le sol, nous donne un peu de lumière.

— Est-ce que tu as honte ?

— Honte ? Non !

— Alors, pourquoi tu t'es interrompue ?

— Parce que ça ne te regarde pas.

Il rit. J'aperçois son bras se lever et sa main passer dans ses cheveux. Lewis traîne à côté de lui sans avoir l'air de comprendre ce qu'on raconte. Le pauvre, il est complètement paumé, encore choqué par ce qu'il s'est passé.

— Mon ange, ça te dit de jouer à un petit jeu avec moi ?

— Je crois que non.

— Je pense que oui. Tu me dis un truc personnel et je t'en dis un. C'est équitable, non ?

Je dois le reconnaître, et c'est aussi très malin parce que j'ai envie de tout savoir de lui.

— À une seule condition, je réponds.

— Le contraire m'aurait étonné.

— Et déçu ?

— Oui. Même si c'est agaçant, j'aime ton caractère de merde. Vas-y, donne-moi ta condition.

— Interdiction de mentionner l'épée.

Il siffle. Quelque part, dans la forêt, un animal lui répond et nous fait rire. Puis le sérieux reprend le dessus et mon cœur se demande s'il va accepter. Est-ce moi qui l'intéresse ou cette arme ? J'ai l'impression que ce qu'il s'apprête à dire reviendra à répondre à cette question, et j'ai peur d'être déçue.

— OK, ça me va. Maintenant, de quelle manière va-t-on conclure ce marché ?

Il dit ça d'un ton qui laisse sous-entendre du sexe, ce qui m'amuse et me fait penser que, peut-être dans d'autres circonstances, s'il n'avait pas pris cette place dans ma vie, j'aurais succombé. Je m'approche et murmure :

— À ton avis ?

Zac se raidit. Je retiens un éclat de rire et baisse la tête. Puis, avant que son imagination l'emporte, je décide de jouer franc jeu.

— Autour d'un verre, bien sûr !

Je ris et reprends mon chemin. Zac me suit en bougonnant. Mais avant tout, on doit soulager une famille en lui ramenant son enfant. Finalement, cette journée s'est plutôt bien terminée. Zac et moi avons récupéré Lewis et avons presque fait la paix.

# Chapitre 17

Nous nous installons à la dernière table libre du *Jack's Bar*. Tous ceux qui ont aidé aux recherches de Lewis sont venus fêter son retour autour d'un verre. Beaucoup nous félicitent d'avoir réussi à le ramener. Je les remercie. J'aime cet élan de soulagement et de joie qui parcourt le lieu. Jesse vient prendre notre commande, qu'elle nous offre en guise de récompense.

Lorsqu'elle revient avec nos bières, je lui présente officiellement Zac. Le regard de la barmaid, rempli de sous-entendus, n'échappe à aucun d'entre nous, et je suis ravie qu'elle soit trop occupée pour prendre le temps de le questionner.

Nous trinquons à cette soirée difficile qui s'achève bien. Je crois que je n'avais jamais vu de parents plus heureux que les O'Connor quand ils ont aperçu leur fils. Lewis est à présent à l'hôpital, afin de s'assurer qu'il n'a aucune blessure. Il n'en a plus, hormis le traumatisme qui, j'espère, s'atténuera avec le temps. Nous avons pu le questionner dans le pick-up quand il a repris du poil de la bête. Il ne se souvenait de rien. Zac a utilisé son atout charme, mais l'enfant disait la vérité. Il travaillait, et puis… le trou noir. Il a sûrement été assommé, ce qui explique l'état dans lequel on l'a trouvé. Ces démons qui enlèvent des enfants resteront un mystère qui, j'espère, ne se reproduira pas. J'ai informé le shérif de nos découvertes. Ils sont sur place pour récupérer le corps de la petite fille. Nous avons menti aux autorités. Nous avons raconté qu'il n'y avait personne avec les enfants, qu'ils étaient seuls. C'est plus simple et moins difficile à croire que la vérité.

Maintenant, place à la détente durement méritée. Zac ne dit rien. Il observe l'assemblée et semble écouter les discussions. J'en profite pour le mater outrageusement. Il est canon avec son air fier qui ne le quitte pas. Je suis certaine qu'il va accepter sans scrupules tout ce que les gens vont vouloir lui offrir pour le remercier de son acte de bravoure. Cela inclut le corps des femmes qui le dévorent des yeux.

Je m'éclaircis la gorge. Zac tourne la tête.

— Tu n'aimes pas être le centre de l'attention, je me trompe ? souligne-t-il.

— Si j'aimais ça, je ferais un autre boulot. Je ne cours pas après la gloire, moi.

— Moi non plus, mais je sais l'apprécier quand elle est là, justement parce que c'est rare.

Je lève les yeux au ciel. S'il le voulait, il pourrait demander qu'on lui déroule un tapis rouge d'ici à sa chambre de motel.

— Qu'est-ce que tu ferais si tu ne t'étais pas enrôlée comme Protectrice ?

Sa question me surprend un instant. Pourtant, je me la suis souvent posée. Quelle était ma vie avant d'être attaquée par des démons ? Avant de tomber dans ce monde parallèle ? Je l'ignore, tout comme j'ignore ce que je ferais demain si jamais les forces du mal étaient éradiquées. Ça n'arrivera pas, et c'est peut-être ce qui m'empêche de penser à d'autres voies. J'aime ce que je fais, j'aime être utile et sauver des vies, me dire que mes concitoyens dormiront paisiblement parce qu'on a réussi à éliminer des démons, des goules, ou toute autre créature qui déciderait de débarquer.

— Flic, je suppose, je réponds sans grande conviction. C'est ce qui se rapprocherait le plus de ce que je sais faire.

— Tu serais sexy en uniforme.

Je ris. Je doute que ce soit plus sexy que la tenue que je porte actuellement.

— Et toi ?

— Médecin, s'il n'y avait pas autant d'années d'études.

— Si tu es passionné, ça ne compte pas.

— Médecin de guerre. Je crois que je ne pourrais pas me passer de combats.

— Tu aimes te battre ?

— Ne me juge pas, mon ange. Tu aimes ça autant que moi, si ce n'est plus.

Il a raison, j'ai besoin d'action.

— Tu commences à me connaître un peu trop bien.

— Ça aussi, ça te dérange ?

— Eh bien, j'aime la notion d'égalité.

— Qu'est-ce que tu veux savoir ?

— Est-ce que tu as d'autres dons que ceux de guérir et de charmer n'importe qui ?

— Non, mes capacités surnaturelles se limitent à ça.

— C'est déjà beaucoup.

Il hausse les épaules et boit quelques gorgées de sa bière. Il n'est plus aussi détendu dès qu'on parle de lui. Pourtant, avec un ego comme le sien, il devrait être enchanté.

— Mes questions te gênent ?

— Non, c'est le deal.

Ce n'est pas vraiment une réponse. Même si nous avons conclu ce pacte, ce n'est pas pour autant qu'il apprécie que je l'interroge. Ce qui finalement m'intrigue encore plus.

— Tu m'as dit que tu n'avais pas de famille, que tu venais de nulle part, mais…

— Stop. C'est la vérité. Je suis orphelin et j'erre sur cette Terre depuis de nombreuses années. Je ne t'ai pas menti.

— Tout le monde vient de quelque part.

— Sauf toi et moi.

— J'ignore mes origines, mais j'en ai.

— Petit scoop, mon ange, moi aussi.

Je fronce les sourcils. J'ai peine à croire qu'il ne sache rien de lui-même, de son enfance ou de sa famille. Mais je lui accorde le bénéfice du doute.

— J'ai vu des tonnes de femmes dans tes pensées…

Zac s'étrangle avec sa bière. Je ris devant sa mine déconfite.

— Tu as fait quoi ?

— J'ai lu dans tes pensées. C'est un petit bonus que je possède et qui m'est bien utile parfois.

Il plisse les yeux. Je frissonne. Je crois qu'il est en colère. Je le serais, à sa place, et c'est bien pour ça que je lui révèle mon secret. Parce que je connais les siens maintenant et que je tente d'être équitable.

— Tu l'as souvent fait ?

— Non, juste le jour de notre rencontre.

— Deva, ce n'est pas… loyal.

Je ris. Il ne manque pas de culot !

— Tu es sérieux ?

— Oui. Je l'ignorais, et savoir que tu es entrée dans ma tête sans mon consentement…

Je perds mon sourire. Dit de cette façon, c'est glauque, et je ne tiens certainement pas à violer l'intimité de qui que ce soit. Ce n'est pas mon but quand j'entre dans le cerveau de quelqu'un : je tiens seulement à savoir si cette personne est bonne ou mauvaise.

— Désolée, je ne voulais pas que tu te sentes mal. Je tenais à être franche. Je n'ai rien vu de compromettant pour toi, si ça peut te rassurer.

— Ne le fais plus.

Son ton solennel me surprend, et je me rends compte que, si j'ai été blessé par son comportement, je n'ai pas fait mieux à son encontre. Je sais ce qu'il ressent à cet instant. J'ai éprouvé la même chose en découvrant son pouvoir de séduction, et pourtant il n'a pas fonctionné sur moi.

— Tu as ma parole.

— Merci.

Il lève son verre à moitié vide pour qu'on trinque. Son sourire retrouvé me rassure un peu. Il n'a pas l'air de m'en vouloir.

— Qu'est-ce que tu as vu ?

— Je te l'ai dit, des femmes.

— Et rien d'autre ?

— Des victimes que tu as guéries. Pourquoi, tu caches quelque chose ?

— Non. Simplement, j'aime conserver l'intimité de mes pensées.

— Je t'ai dit que j'étais désolée. À cette époque, j'ignorais qui tu étais et je ne voulais prendre aucun risque.

— Rassurée ?

— Oui. Pourtant, je n'ai rien vu de ton don de séducteur.

— Si, tu l'as vu.

Il rit devant ma mine déconfite. Ce mec est intenable. En plus, il passe de l'agacement à l'amusement trop vite. Il me déroute, comme toujours. Et j'aime ça, comme toujours aussi.

— C'est pour ça que tu me résistes ? Tu penses que tu seras une fille de plus que j'aurai épinglée à mon tableau de chasse ?

— Je ne résiste pas.

— Si c'était le cas, tu aurais déjà visité mon lit.

— L'idée que tu ne m'attires pas ne t'a même pas effleuré l'esprit ?

— Non. S'il y a bien une chose dont je suis sûr te concernant, c'est que tu as envie de moi.

— Mais pas de ton ego, c'est certain.

— Tu vois, j'ai raison.

— Je voulais qu'on soit à égalité, c'est pour ça que je te l'ai dit, pas pour que tu me rendes des comptes ou que tu me donnes des détails sur ta vie de… tombeur.

— Menteuse ! Bien sûr que tu veux en savoir plus. Je vais t'en donner, des détails, mon ange. Je suis sur la route tout le temps. J'ai à peine fait connaissance avec les gens que je suis déjà reparti. Je n'ai pas le temps de créer de relations. Alors, oui, je couche avec pas mal de femmes, puisque je fréquente pas mal de villes différentes.

— C'est triste.

— Quoi ? Le sexe ?

— Non, que tu ne sois attaché à personne, que tu n'aies pas un endroit que tu peux appeler un « chez-toi ». Je trouve ça triste.

Zac perd son sourire. Il attrape son verre pour se donner une contenance, mais ce dernier est vide. Il hèle une serveuse et commande deux autres bières.

— Je t'ai vexé ?

— Non, s'empresse-t-il de répondre.

Décidément, je fais tout de travers ce soir. C'est peut-être pour ça que je n'ai jamais eu envie d'une relation suivie avec un homme. C'est compliqué, et doublement dans mon cas si mon rencard ignore tout des pans surnaturels qui occupent notre monde. Avec Zac, malgré les accrocs, je pensais que ce serait plus aisé, qu'il comprendrait ce que le commun des mortels ne peut pas concevoir, mais ça ne suffit pas. Il faut aussi composer avec ses sentiments et apprendre à faire confiance. C'est flippant, tout ça, tout ce que je ressens, assise là, en face de lui, alors que je viens de toucher à une partie sensible de son existence. Je culpabilise et j'ai aussi envie de le réconforter.

— Il n'est pas trop tard pour changer les choses, je dis plus bas.

Je ne suis pas certaine que ce soit la chose à dire. Zac sourit tristement en hochant la tête.

— Tu te portes volontaire ?

Je ris. Le voilà de retour. C'est plus simple de faire face à l'homme espiègle.

— Non, tu miserais sur le mauvais cheval. Les relations et moi, ça ne fait pas bon ménage.

— Et pourquoi, à ton avis ?

— Je ne sais pas. Certaines personnes ne sont sûrement pas faites pour les histoires d'amour.

— Tout le monde est fait pour l'amour. Tout le monde, mon ange.

Je ne crois pas. Certaines personnes vouent leur existence à d'autres choses. Des sommets plus hauts et des conquêtes plus grandes qu'un cœur. C'est peut-être une autre forme d'amour, cela dit, un autre moyen de trouver le bonheur.

— Deva ?

Zac me sort de mes pensées. Il s'est penché au-dessus de la table et a saisi ma main.

— Quoi ? je marmonne, captivée par la profondeur de ses iris.

— Ce ne sont pas tes capacités relationnelles, le problème, c'est simplement que tu n'as pas trouvé la bonne personne.

J'ai envie de lui demander s'il se porte volontaire, si l'idée d'avoir avec moi autre chose qu'une nuit de sexe le tente, mais quelqu'un tousse à nos côtés pour attirer notre attention.

Morgane.

— Salut ! je m'exclame un peu trop fort en rangeant mes mains sous la table.

— Salut. J'ai appris vos exploits en rentrant. Félicitations !

Il me faut quelques secondes pour comprendre de quoi elle parle. Mon cerveau était branché sur tout autre chose que le jeune Lewis.

— Merci.

Le silence s'installe. Morgane me fait les gros yeux et je comprends qu'elle attend que je lui présente Zac. Ce que je fais immédiatement.

— Bon, je ne vais pas vous déranger plus. On se voit à la maison, Deva. Zac, ravie d'avoir fait votre connaissance.

Morgane se dirige vers le bar. Je me lève en me rappelant son départ ce matin pour rendre visite à Archie. Je l'interpelle avant qu'elle arrive au comptoir.

— Tu as trouvé quelque chose ?

— Non, malheureusement. Il est toujours amnésique.

— Tant pis. De toute façon, je doute qu'il nous en apprenne plus que les vidéos.

— Je l'espère, pourtant. Allez, retourne avec ton rencard, il a l'air de s'impatienter.

— Ce n'est pas…

— Bonne soirée, Deva.

Morgane fait demi-tour pour rejoindre Jesse au comptoir. Je fais de même et retourne à ma table.

— Tout va bien ? me demande Zac.

Je ne réponds pas, absorbée par mes deux amies, qui discutent au bar.

— Qu'est-ce qu'il y a entre elles ? poursuit Zac.

— Comment ça ?

— Je sais pas, c'est comme si elles se retenaient de se jeter l'une sur l'autre.

Je ris. J'aurais aimé qu'elles entendent ces paroles. Est-ce qu'elles auraient continué de nier leur attraction ?

— Tu es très observateur.

— Je suis parfait, mon ange, tu devrais le savoir maintenant.

— Je crois qu'elles craquent complètement l'une pour l'autre, mais qu'elles sont incapables de se l'avouer.

Zac m'observe, les sourcils haussés, son fidèle sourire en coin toujours présent.

— Quoi ?

— Rien. J'ai l'impression que t'assistes à ta télé-réalité préférée.

— C'est un peu ça, effectivement. Amour, trahisons, tensions et secrets, tout ce qu'il y a de plus captivant.

Nous rions, puis la discussion dévie sur les films et les séries les plus intéressants. Zac a des goûts exécrables. En gros, plus il y a d'action, meilleur c'est. Même si j'aime que les choses bougent dans un film, j'apprécie aussi que la psychologie des personnages soit assez poussée. Selon lui, il y a les documentaires pour ça. Le cinéma, c'est fait pour se détendre.

Après tout ça, nous quittons le bar. Mes deux bières sont loin, et je décide donc de prendre le volant. Zac ne me demande même pas si je veux bien le déposer : il monte d'office dans le pick-up.

— Un jour, je te donnerai un cours de savoir-vivre.

— Pour quoi faire ? Pas de cérémonie entre nous, mon ange, on a passé le cap.

— À quel moment, au juste ? Quand on s'est rencontrés ?

— Exactement. J'ai tenté de te séduire avec mon regard de tombeur, t'es entrée dans ma tête et on chasse du démon ensemble.

C'est vrai, nous avons dépassé depuis longtemps le cap des formalités d'usage.

— Dans ce cas, je reprends en m'engageant sur la route, est-ce que tu connais un moyen de raviver la mémoire des fantômes ?

— Il faut juste les apaiser le plus possible, et parfois ça revient. Ensuite, une fois qu'ils sentent que justice a été faite, ils partent.

Je crois que nous arrivons au bout des tentatives concernant Archie. Bientôt, il partira.

# Chapitre 18

Avec Jeff, nous sommes retournés sur les sites des deux églises pour peaufiner le plan et nous assurer que nous aurons les bons repères. Je crois qu'il est inquiet à l'idée de nous laisser seules d'un côté, avec Morgane, pendant qu'il sera occupé de l'autre. Il a confiance en moi, je le sais, puisque nous assurons les arrières des uns et des autres depuis chaque mission effectuée ensemble. Cependant, il a plus de mal à nous laisser évoluer sans lui. Une attitude un peu paternaliste, certes. Ça m'amuse, en temps normal. Aujourd'hui, j'en ai juste marre de crapahuter dans les bois. Je ne fais que ça ces derniers temps.

Nous sommes près de l'église que nous devrons surveiller, avec Morgane. Nous avons même trouvé un spot parfait pour épier sans être vu : un talus à une cinquantaine de mètres de l'édifice, caché par les arbres. Jeff arpente les lieux, l'air inquiet. Je sais que nous sommes dans le flou, que nous avançons sans certitudes, mais qu'elle autre solution avons-nous ? Aucune. Nous n'avons pas de pistes plus plausibles.

— Jeff ?

— Ouais ?

— On va tourner en rond combien de temps encore ?

— Je sais pas.

— On peut rentrer, alors.

Il s'accroupit dans les fourrés, dégage quelques branches et soupire.

— Que te dit ton instinct ?

Je m'accroupis à ses côtés, inquiète qu'il ait découvert quelque chose.

— Rien, pourquoi ?

— Parce que deux personnes sont venues ici.

— Oui, nous, il y a deux jours.

— Non, les traces sont différentes des nôtres.

— Des randonneurs.

— Pas dans ce coin, il n'y a pas de sentier.

— Les démons supérieurs ?

— Peut-être.

Je me lève en riant. Ce serait quand même fort qu'eux aussi fassent du repérage. Jeff reprend son chemin. Je le suis, intriguée par sa découverte.

— C'est à l'armée que tu as appris tout ça ?

— Oui. C'est utile de savoir où va ton ennemi.

J'imagine, c'est même essentiel.

— C'était plutôt désertique en Irak, pourtant.

— Une trace est une trace, qu'elle soit dans le sable ou dans les feuillages.

Jeff ne parle jamais de l'armée. Il ne parle pas souvent de grand-chose le concernant, cela dit. Il m'apprend des techniques, me forme à manier des armes ou des outils, mais il ne raconte pas comment lui a appris tout ça.

— C'était comment ? j'ose demander.

— À ton avis, c'est comment, le désert ?

Chaud, sablonneux… L'enfer, en somme. Je vais peut-être revoir mon jugement concernant les forêts – c'est pas si mal, en fait.

— La guerre, je veux dire.

Jeff s'arrête. Il inspire profondément avant de se tourner vers moi.

— Qu'est-ce qu'il y a ?

— Rien, je me demandais juste…

— C'était la guerre, Deva, pas un voyage organisé. Y'a rien à raconter.

— OK.

Il s'énerve. Nous sommes tous un peu à cran ces derniers temps. Entre les démons, l'épée et le temps qui passe, la pression est de taille. Je ne tiens pas, en plus, à ajouter une dispute avec la seule personne qui a la tête sur les épaules.

Il reprend son chemin, puis s'agenouille de nouveau pour observer d'autres empreintes dans la terre.

— Elles sont différentes. Il y avait plus de deux personnes.

Ce qui élimine les démons supérieurs, sauf s'ils ont recruté depuis la dernière fois.

— Jeff, tu ne crois pas que ça pourrait être des chasseurs ou des promeneurs ?

— Non.

Il reprend son chemin. Je soupire, mais le suis malgré tout.

— Je crois que t'en fais un peu trop.

— Laisse-moi faire mon job, ça pourrait te sauver la vie.

Bon Dieu, qu'il est agaçant quand il est remonté ! J'essaie de rester calme alors que nous crapahutons. Je n'aime pas la tension entre nous. Je ne voulais pas le blesser ni lui rappeler de mauvais souvenirs avec mes questions. Je devrais réfléchir un peu plus avant de parler. J'ai l'impression que, ces derniers temps, dès que j'ouvre la bouche, c'est pour blesser quelqu'un.

— Si un ennemi devait approcher, je le verrais depuis le talus. Peu importe sa direction.

— Certains ennemis sont invisibles.

— Quoi ?

Il s'arrête de nouveau pour me faire face.

— Deva, fais-moi confiance et suis-moi. Il y a quelque chose d'anormal dans le coin.

Jeff est sérieux. Je hoche donc la tête et nous repartons. Je ne sais pas ce qu'il a détecté de si sensible pour être aussi à cran, mais autant aller au bout des choses, et peut-être que ça le rassurera.

Nous suivons les traces, qui prennent la direction du nord, zone que nous avons négligée. Or, je comprends notre erreur lorsque nous débouchons sur le site d'une ancienne scierie désaffectée.

— C'est quoi, ce bordel…

Nous sommes face à un bâtiment dissimulé sous un filet de camouflage militaire. Je sors mes armes immédiatement. Jeff fait de même. Passé la surprise de la découverte, je sens l'adrénaline monter, en même temps qu'un frisson désagréable le long de mon dos. Pourquoi je n'ai rien senti avant ?

— Deva ? chuchote Jeff. T'es prête ?

Je hoche la tête. Je ne me sens pas très bien, comme si je n'avais plus confiance en moi, et ce n'est clairement pas le moment. Surtout que nous n'avons aucune arme céleste.

Jeff me fait signe que nous y allons. Comme d'habitude, nous progressons l'un derrière l'autre, en intervertissant les positions régulièrement. Jeff a son air farouche. Si j'étais ceux qui se sont installés ici, je partirais en courant pour ne pas croiser sa route.

Nous arrivons à l'ancienne rampe qui permettait de faire entrer les troncs d'arbres. C'est le seul passage dégagé que l'on discerne d'ici. Nous l'empruntons. Le système est rouillé, le tapis déchiré, si bien qu'à chaque pas, je manque de passer une jambe au travers. Nous entrons dans la scierie. L'odeur de bois pourri attaque mes narines. Nous tendons l'oreille, à l'affût du moindre bruit. Rien dans la première pièce, alors nous poursuivons vers l'arrière. Il y a quelque chose de vraiment flippant ici, un mélange d'odeurs, de bruits et de sensations qui me donnent l'impression d'avoir plongé dans un film d'horreur.

Jeff s'arrête près d'une grande porte à double battant. Nous regardons par les vitres de cette dernière, mais il fait trop sombre pour distinguer quoi que ce soit. Je cherche ma lampe torche, mais je ne la trouve pas.

Heureusement, Jeff a plus de cervelle que moi en ce moment. Il dégaine la sienne, puis nous poussons les battants à l'unisson, dans un mélange de craquements et de grincements effroyables. Des oiseaux s'envolent et quelques rats se font la malle quand nous pénétrons dans la pièce. La porte se referme derrière nous avec le même concert de bruits stridents. Jeff balaie les lieux avec le faisceau de sa lampe. C'est sale. La nature a repris ses droits. Des arbres poussent çà et là, mais il y a un coin dégagé dans le fond, avec une bâche sur le sol.

Nous nous approchons prudemment. Mon souffle s'accélère. Je tente de calmer mon rythme cardiaque, mais rien n'y fait. La peur me tord le ventre. Fortement. Et ce n'est pas normal. Je ne suis pas folle au point de ne jamais avoir la frousse, quand nous nous lançons dans ce genre d'expédition, mais là, une peur viscérale me bouleverse.

Je tente de faire face à ce démon intérieur, en espérant que Jeff ne remarque rien.

Ce dernier éclaire le coin dégagé qu'on a rejoint. Il y a des vêtements, même une valise, et c'est tout. Je m'accroupis pour regarder à l'intérieur du bagage. Des armes, des poignards, une espèce de toge rouge et des livres en latin.

— Qu'est-ce que c'est que ça ? je murmure pour moi-même.

Jeff, à mes côtés, l'exprime tout haut.

— Qui viendrait squatter ici ?

— Aucune nourriture, pas même une bouteille d'eau…

— Démons, grogne mon ami.

Je ne vois que ça, même si c'est étrange. Les vêtements sont assez hétéroclites : des costumes trois-pièces chics, des survêtements et des jeans. Et cette toge, que je déplie en espérant voir un signe ou quelque chose qui nous permettrait d'en savoir plus. Mis à part sa couleur rouge sang et son velours épais, il n'y a rien, aucun indice.

Nous prenons des photos, puis nous poursuivons notre exploration de la scierie. Il n'y a aucune autre trace de vie. Alors, nous faisons demi-tour pour rejoindre le pick-up. Une fois à l'abri dans la voiture, je ferme les yeux et prends une grande inspiration.

— Deva ? Tout va bien ?

— Oui, ça m'a juste un peu retournée.

Je ne sais pas pourquoi, d'ailleurs. J'ai vu pire, et là, il n'y avait même pas de cadavres.

— On dirait qu'une seule personne vit ici. Pourtant, il y a plusieurs empreintes de pas différentes.

— Des victimes ?

— Peut-être, mais aucune trace de sang ou de lutte à l'intérieur.

Oui, alors quoi ?

— Encore plus de questions…

— Je vais planquer dans les bois cette nuit.

— Quoi ?!

— Oula, t'as besoin de te détendre, toi !

— Je suis détendue. Tu ne vas pas passer la nuit ici, c'est…

Je ne sais pas ce que c'est, mais rien de bon ne va en sortir.

— Deva, je sais ce que je fais.

— Celui qui vit ici aussi.

— On ne sait même pas ce que…

— J'ai peur, j'avoue. Vraiment très peur.

Même si ça me coûte de l'avouer, je veux qu'il sache que je ne plaisante pas, que je n'invente pas de prétexte ou je ne sais quoi.

Je détourne mon regard vers le pare-brise, honteuse de mon aveu malgré tout. Jeff reste silencieux, ce qui ne m'aide pas à faire le tri dans tout ce bazar.

— Ce qui vit ici, je poursuis, c'est comme si c'était le mal incarné pour moi. C'est ce que je ressens, Jeff.

— Comment ça ?

— Je ne sais pas. Je n'ai jamais senti mon instinct me crier à ce point de déguerpir d'ici et de ne plus jamais revenir.

— À ce point ?

J'acquiesce. Ce n'est pas normal. Soit je déraille, soit nous avons vraiment affaire à quelque chose de grave. Dans les deux cas, il faut remédier au problème.

— Ça va compliquer les choses, avec les démons supérieurs, si eux aussi ressentent le danger : ils ne viendront pas dans le coin.

Il a raison. Déjà qu'on avait très peu de chances que notre plan fonctionne, à présent, je doute qu'il se réalise près de cette église.

— On pourra toujours surveiller l'autre.

— Oui, mais tout miser sur une seule carte, c'est encore plus farfelu.

Je ris. Qu'est-ce qui ne l'est pas ces derniers temps ? Tout est sens dessus dessous, et ce brouillard dans lequel on patauge semble chaque jour s'épaissir un peu plus.

— On doit réfléchir à tout ça. En attendant, je dois récupérer la commande de munitions chez Rick. Je te dépose ou tu viens ?

— Je viens.

Un tour à Seattle, dans une ville avec des bâtiments, du béton et loin de cette cachette trop glauque, me fera du bien.

# Chapitre 19

*Une lumière s'approche, vivante, intense et chaude. Je lui tends les bras. Elle vient se blottir contre moi et je la serre aussi fort que possible. Je ferme les yeux et savoure ce moment spécial, cet instant parfait où il est là. Je sais que c'est d'un homme qu'il s'agit, quelqu'un que j'aime, mais je ne distingue pas son visage. Je le connais. Pourtant, son image reste floue. Il n'y a que cette lumière qui se reflète dans ma tête. Il me serre à son tour, me murmure qu'il m'aime, qu'il est heureux de me retrouver. Je me dégage pour l'observer, m'attendant à être aveuglée par sa brillance, mais ce n'est pas le cas. La peur m'envahit en voyant cette ombre sombre qui s'échappe de mes doigts. Le ciel s'assombrit alors qu'il disparaît. Je crie, je l'appelle, mais il s'évapore inexorablement, me laissant seule dans ce jardin froid et mort…*

— Deva ?

Je sursaute et ouvre les yeux en inspirant profondément. Jeff me regarde en fronçant les sourcils.

— Ça va ?

— Oui.

Un rêve, un autre, qui n'a pas de sens, mais qui m'a fait peur. Mes doigts sont agrippés à mon anneau, devenu plus chaud. J'ai encore un peu de mal à me sortir de ce cauchemar et à reprendre contact avec la réalité.

— On est où ?

— Sur la route en direction de la maison. Tu faisais de drôles de bruits, alors je t'ai réveillée. Tout va bien ?

— Oui, juste un mauvais rêve.

Je me frotte le visage et bois quelques gorgées d'eau. J'essaie de retracer les événements de la journée. La forêt, la planque effroyable d'un démon et la visite à Rick pour les munitions. Je me tourne : les caisses sont bien là, je n'ai pas tout rêvé.

— Quand tu rêves, reprend Jeff, on dirait que t'es possédée.

Je ris. Il exagère un peu.

— Je t'assure, c'est flippant. Tu rêves de quoi, au juste ?

— De rien, de trucs que je ne comprends pas.

— Comme quoi ?

— J'ai pas envie d'en parler.

— OK. Ton téléphone a sonné plusieurs fois.

Je sors l'appareil de ma poche. C'est Zac qui a cherché à me joindre. Il n'a pas laissé de message. J'imagine que ce n'est pas trop important. Depuis l'autre soir, les relations s'améliorent entre nous. Ce n'est pas encore la confiance totale, mais chaque chose en son temps, ça viendra. J'aime être à ses côtés, enquêter avec lui. Il est doué et ses dons sont pratiques. Et puis il me plaît, je ne vais pas le nier indéfiniment. Zac a quelque chose de spécial qui m'attire inexorablement. Je me sens bien avec lui, plus à l'aise depuis qu'il sait la vérité à mon sujet et qu'il s'est un peu ouvert à moi. Pourtant, je redoute les contacts physiques avec lui autant que j'en meurs d'envie. Zac n'est pas un coup d'un soir. Nous sommes allés trop loin dans la connaissance l'un de l'autre pour que je puisse me laisser aller sans penser aux conséquences. Si on passe ce cap, tout va changer, et je ne crois pas en avoir envie pour le moment. C'est stupide. J'en ai conscience parce que j'ai envie de lui, mais j'ai aussi peur que mes sentiments prennent une autre tournure. Je ne suis pas prête à ça. Je ne suis pas certaine de l'être un jour. Mon rêve me revient en tête, combiné à tous ceux que j'ai déjà faits : je crois que je peux affirmer sans crainte que j'ai déjà été amoureuse. Je n'en ai aucun souvenir. Néanmoins, je n'ai pas l'impression que ça se soit bien fini. Notre vie est déjà compliquée, pourquoi je rajouterais une histoire d'amour à tout ça ? Zac partira, il retournera à sa vie sur la route, quand les choses se seront calmées dans le coin, alors pourquoi je devrais me laisser emporter par des sentiments qui ne seront pas partagés ? Pour souffrir ? En voilà une belle idée !

Je ricane. Ça alerte Jeff, qui me jette des coups d'œil inquiets.

— T'es sûre que….

— Je vais bien.

J'envoie un texto à Zac pour qu'il me rejoigne ce soir chez Jesse. Il me confirme dans la foulée qu'il viendra en précisant qu'il a hâte. Cet homme est trop charmeur pour le bien de toutes les femmes. Est-ce qu'il est comme ça avec les autres ? Il y a trop d'inconnues pour que j'oublie tout, même si, au fond de moi, je ne demande que ça.

Nous arrivons aux abords de Goldenside lorsque je vois au loin une épaisse fumée.

— Un incendie !

— Encore, marmonne Jeff.

Le coin devient particulièrement propice à ce genre d'incident.

— On devrait aller voir.

Jeff soupire et tourne à gauche avant d'entrer dans la ville. La route traverse des champs jusqu'à une ferme dont je ne connais pas les propriétaires. Lorsque nous sortons du virage, Jeff pile. Les bâtiments partent en fumée, mais ce n'est pas vraiment ce qui nous surprend le plus.

C'est le combat qui se joue dans le pré à côté.

— Les démons supérieurs, je marmonne, sous le choc.

Ils sont là, tous les deux entourés par d'autres démons qui cherchent à les attraper.

Je descends de la voiture et sors mes armes rapidement. Jeff me rejoint. Je m'apprête à entrer dans la bataille sans réfléchir, mais mon mentor n'est pas de cet avis.

— Pas si vite.

— C'est notre chance.

— Je sais, mais peut-être qu'on devrait attendre qu'ils réduisent eux-mêmes le nombre des adversaires.

Ce serait judicieux, en effet, sauf qu'il y a un incendie. La cavalerie ne va pas tarder à arriver et tout le monde va s'enfuir. L'épée nous échappera encore.

J'explique à Jeff que nous ne pouvons pas perdre de temps. Il hésite : face à nous, trois démons et deux supérieurs, c'est beaucoup.

— Tu les reconnais ?

— Non, je ne pense pas qu'ils viennent du casino.

Jeff file récupérer des munitions à l'arrière du pick-up. Il m'en donne quelques-unes, que je fourre dans mes poches. Puis il distribue les balles célestes, en nombre forcément limité, mais notre seul moyen de venir à bout des démons supérieurs.

— Allons-y. La priorité, c'est les détenteurs de l'épée. On va les prendre à revers, les coincer entre nous et les démons. Ils ne doivent en aucun cas s'échapper avec l'arme fatale.

J'acquiesce. C'est le plus important. J'avance, le sang en ébullition à l'idée de me battre.

— Ne te fais pas tuer, je lâche en me baissant pour passer derrière des fourrés.

— On va essayer.

Nous longeons une haie de thuyas qui séparent le pré d'un champ pour arriver derrière les démons supérieurs, qui s'engagent dans la bataille en brandissant l'épée, les imbéciles. Les basiques ont des poignards et le regard rouge sang. Ce ne sont pas des novices, ils savent ce qu'ils font. Leurs coups sont précis, et ils savent aussi esquiver.

Je jette un regard à Jeff. Nous devons y aller avant qu'il soit trop tard.

Il hoche la tête et nous passons la haie avant de courir en direction du champ de bataille. Les deux camps opposés sont surpris de notre arrivée. Un supérieur en profite pour éliminer un basique d'un coup de poignard dans la poitrine. Celui qui tient l'épée se bat contre un autre en croisant le fer. Le troisième démon nous accorde son attention. Je n'ai pas besoin de me battre pour l'affronter : une balle dans le cœur, et il disparaît. Je m'apprête à descendre l'autre, mais mon pistolet s'enraye. Le démon supérieur en profite pour me foncer dessus. Le temps que je sorte mon autre flingue pour me défendre, il a eu le temps de me taillader le bras. Je gronde. La douleur se répand dans mes veines et ravive un peu plus mon envie d'en finir avec eux. Je lui assène un coup de pied qui le fait basculer en arrière, puis je parviens à extirper mon arme et m'apprête à tirer. Mais je stoppe mon geste à quelques centimètres de son cœur.

Archie.

Si nous les tuons tous les deux, le fantôme s'en ira et Morgane n'aura pas le temps de lui faire ses adieux.

Grosse erreur de ma part. Il n'en faut pas plus au démon pour me rendre mon coup et me faire tomber. Il grimpe sur moi et brandit son poignard à deux mains. Je ne réfléchis plus, sinon c'est moi qui meurs. Je tire dans sa poitrine et la pluie de cendres éclate quand il disparaît.

Je me redresse sur mes jambes. La fumée de l'incendie a envahi le pré. Je discerne à peine les corps en mouvement.

— Jeff ?! je hurle.

— Ici !

Je le rejoins en suivant sa voix. Il se bat avec un démon.

— À gauche ! Ils sont partis par la gauche ! Rattrape-les !

J'hésite un instant à le laisser seul, puis la pensée que l'épée nous échappe encore me pousse à m'élancer. Je cours à travers la fumée sans trop savoir où je mets les pieds, jusqu'à ce que j'arrive à l'orée de la forêt.

— Pas encore ! je grogne.

J'aperçois la lame de l'épée, qui brille à la lueur du soleil couchant, puis l'ombre des arbres la fait disparaître. Je poursuis cette lueur à travers la forêt, que la nuit commence à baigner. Le bruit des pas lourds de mes adversaires me guide. Jusqu'où ils vont aller ? Je n'ai pas leur vélocité, mais je m'accroche. Je cours aussi vite que je le peux malgré le terrain et la nuit. Je trébuche, tombe, m'écorche le visage avec des branches, mais je ne lâche pas. Je suis irriguée par l'adrénaline, qui me pousse à poursuivre pour enfin mettre fin à cette quête.

Je débarque dans une clairière. J'y vois plus clair et j'ai comme l'impression qu'entre le supérieur et le basique, l'animosité a atteint son paroxysme. Ils se chargent, se donnent des coups et finissent au sol, où ils se frappent violemment. Je me contente d'attendre que l'un d'eux prenne le dessus et j'en profite pour reprendre mon souffle. L'épée, qui est dans le dos du supérieur, est extirpée par le démon, qui n'hésite pas une seconde à la lui planter dans le cœur. Une nouvelle fois, j'assiste à la pluie de cendres avant qu'il disparaisse et j'ai une pensée pour Archie, qui va nous quitter.

Le démon me sort de ma rêverie. Il se redresse et observe l'arme céleste entre ses mains.

— Elle est belle, n'est-ce pas ? dis-je en m'avançant.

Il prend alors conscience de ma présence. Il me fait face. Ses iris rouges brillent drôlement dans l'obscurité.

— Qui es-tu ? je l'interroge.

Il sourit et fait craquer sa nuque.

— Celui qui va te tuer.

Je ris, puis je sors mes poignards. Avec un basique, pas besoin de gaspiller une balle céleste. Face à une épée, c'est dérisoire, mais j'ai bien l'intention de le désarmer avant de le tuer.

— Bien, essaie dans ce cas.

Il s'élance, animé par la rage. Je ne peine pas à esquiver ses coups. L'épée est lourde et j'ai tout le temps de contrer ses tentatives. Il s'énerve un peu plus. Je parviens à le toucher au bras, puis je lui décoche mon fameux coup de pied en plein visage. Il vacille mais tient bon, puis il se relance dans la bataille tel un taureau qui a vu rouge. Il me percute de plein fouet et m'envoie valser contre un arbre. Mon souffle se coupe alors que j'encaisse le choc. Mon dos me fait mal, mais je me relève avant que mon ennemi puisse faire quoi que ce soit d'autre. Je fais un pas en arrière pour faire un check-up express de mon corps, et je patiente. Je veux que ce soit lui qui m'attaque afin de le prendre par surprise. Ça ne rate pas. Il revient sur moi en brandissant son arme. Je me baisse et perfore son abdomen avec mon poignard, qui reste fiché dans son corps. Le démon recule en déglutissant ce qui doit être du sang. Cette blessure va l'affaiblir, mais pas le tuer. Ce sera suffisant pour lui porter le coup de grâce. Il titube en arrière. J'avance directement jusqu'à lui, et mon poing sur son arcade finit de le coucher. Je grimpe sur lui et enfonce ma seconde lame de quelques centimètres dans sa poitrine.

— Pour qui tu bosses ?

Il a le crâne chauve, des yeux fous habités par je ne sais quel dessein. Du sang s'échappe de ses lèvres. Il ne me répond pas, alors j'appuie un peu plus fort.

— Réponds !

— Bientôt, tu le sauras… dit-il en déglutissant difficilement.

— Je saurai quoi ?

— Qui est mon maître.

Je ne comprends pas de quoi il parle. Je m'apprête à lui demander de plus amples explications quand il saisit ma main et s'enfonce lui-même le poignard dans le cœur. La seconde d'après, il disparaît dans un nuage de poussière, me laissant seule dans cette clairière avec l'épée.

Je récupère l'arme. Elle est vraiment très lourde. La lame scintille sous la lune et une sensation étrange me traverse. Du pouvoir. Un grand pouvoir qui ne demande qu'à sortir. Je comprends l'entêtement des supérieurs à son propos. En la saisissant, je n'ai qu'une envie : qu'elle révèle toute sa puissance et qu'elle devienne ce pour quoi elle a été créée.

— Tout va bien ?

Je sursaute : absorbée par l'épée, je n'ai pas entendu Jeff arriver.

— Oui, on l'a.

Il s'approche, essoufflé, couvert de brindilles et de feuilles, ce qui me donne un aperçu de ce à quoi je dois ressembler.

Il tend la main et je lui donne l'épée à contrecœur.

— Sacrée lame, dit-il en l'inspectant.

— Tu ne sens rien ?

— Non, quoi ?

Bizarre… J'ai à peine posé mes doigts sur le manche que la sensation m'a envahie.

— Rien. On devrait rentrer et rendre cette épée à Caliel avant que d'autres créatures arrivent.

— Allons-y.

Nous sommes obligés de faire un grand tour pour récupérer le pick-up afin de ne pas croiser les autorités, qui sont arrivées sur le site de la ferme en feu.

Durant le trajet, ni Jeff ni moi ne prononçons un mot. J'ai les yeux braqués sur l'épée, posée sur mes genoux. Je n'arrive pas à croire qu'elle est là. Qu'on a enfin réussi. J'ai comme l'impression que c'est trop beau, que quelqu'un va venir nous la prendre et nous replonger dans cette quête qui, jusqu'à maintenant, me paraissait impossible. C'est comme si c'était trop simple. Pourtant, rien ne l'a été : nous avons dû nous battre pour en arriver là, trouver des plans et chasser des démons supérieurs aussi instables que des anguilles. Qu'est-ce qui pourrait venir compliquer un peu plus cette mission ?

Rien.

C'est fini à présent. Le paradis va récupérer l'arme de Michel, les anges se battront et tueront Lucifer. Avec un peu de chance, le monde retrouvera sa quiétude et notre existence sera plus sereine.

# Chapitre 20

Nous sommes seuls à la maison, avec Jeff. Morgane n'est pas là. Il va tenter de l'appeler pour la prévenir qu'Archie va disparaître, en espérant qu'il ne soit pas trop tard.

J'abandonne Jeff et sors dans le jardin avec l'épée. Je pense fort à Caliel, seul moyen qu'il m'a indiqué pour parvenir à le joindre. Je ferme les yeux et me concentre sur ce que je me rappelle de lui, ses ailes magnifiques, sa voix calme et sa beauté trop parfaite.

— Je suis là.

J'ouvre les yeux. En effet, l'ange se tient devant moi. Il n'a pas changé d'un iota depuis notre dernière rencontre.

— J'ai besoin de ton aide, je lâche rapidement.

— Qu'est-ce que je peux faire pour toi ?

— Vérifier qu'Archie est bien monté au paradis et qu'il va bien.

— Archie ?

— Le fantôme du collectionneur d'objets d'art.

Caliel me dévisage. Il reste calme alors que je trépigne d'impatience.

— S'il te plaît, j'ajoute.

Il se contente de hocher la tête, puis il disparaît aussi furtivement qu'il est apparu. Je reste seule dans le jardin, à scruter les alentours en espérant que tout se soit bien passé du côté de Morgane. Je me dis que Jeff m'aurait rejointe si ça n'avait pas été le cas.

De longues minutes passent, un temps interminable lorsqu'on est en attente d'une réponse, et je commence à désespérer lorsque, enfin, l'ange revient.

— Alors ?

— C'est bon, il va bien.

Je souffle avant de me jeter au cou de Caliel, qui se fige.

— Merci !

Je me rends compte de mon comportement, puis je m'éloigne.

— Désolée, je suis tellement soulagée.

— Je vois ça.

Il ajuste son manteau et me désigne l'épée du regard.

— Tu l'as trouvée.

— Tu en doutais ?

— Non, jamais je n'ai douté de toi.

Son ton n'est pas habituel. On dirait presque qu'il fait un sous-entendu.

Je ne m'attarde pas et lui donne l'arme. Caliel s'en saisit et je suis certaine qu'il éprouve la même sensation que j'ai eue en la tenant. Il la fait tourner, comme envoûté par son pouvoir.

— Caliel ?

Il se reprend.

— Merci. Ce que vous avez fait est primordial pour la guerre. Grâce à vous, nous pourrons détruire Lucifer à tout jamais.

— Ben… de rien.

Je ne sais pas quoi dire d'autre. Je crois que j'ai encore un peu de mal avec tous les événements récents.

Caliel s'approche de moi. Il prend ma main et la baise. Je rougis bêtement.

— Attends-moi, je reviens, dit-il avant de s'éclipser.

Je me retrouve de nouveau seule, pas certaine d'avoir tout compris. Je pars m'asseoir sur les marches de la maison. J'essaie de faire le tri dans mes pensées, mais la seule chose qui me trotte dans la tête, c'est pourquoi il veut revenir. Je n'accepterai pas une autre quête du même genre. Nous ne sommes pas des Indiana Jones et je préfère ne plus avoir le destin d'une guerre entre les mains. C'est trop de pression.

Caliel est de retour, à l'endroit même où nous étions un instant plus tôt. Il avance jusqu'à moi. Je reste assise à le regarder marcher. Il est droit comme un « I » et dégage une force sereine.

— Tu l'as donnée aux anges ? je demande en voyant qu'il n'a plus l'épée.

— Non, je l'ai cachée quelque part au paradis.

— Cachée ? Mais pourquoi ?

— Même au royaume du Tout-Puissant, il y a des luttes de pouvoir. Je la déclarerai en temps voulu.

Je le dévisage. Peut-être qu'on s'est fait avoir, peut-être qu'il va la garder pour lui et tenter de détrôner un archange.

— Il faut qu'on parle, dit-il, solennel.

— Je t'arrête tout de suite : je ne vais pas aller chercher le bouclier de je ne sais quel archange à l'autre bout du monde.

— Quel bouclier ?

— Je ne sais pas, c'était... Qu'est-ce que tu veux ?

Caliel vient s'asseoir à mes côtés et observe l'horizon sans prononcer un mot.

— Qu'est-ce que tu attends ?

— Que les bons mots arrivent.

— Oula, c'est si grave que ça ?

— Pas grave, mais important surtout, et ça risque de changer pas mal de choses dans ta vie, alors je voudrais amoindrir le choc autant que faire se peut.

Il s'y prend mal, puisque je commence à stresser.

— Dis-moi, avant que j'imagine n'importe quoi.

— Bien.

Il inspire, puis me regarde. Son air grave ne me rassure pas. Les battements de mon cœur s'en ressentent.

— Tu n'es pas humaine, dit-il. Tu es un ange.

— Pardon ?

Je me mets à rire, si fort que mon corps bascule en arrière. Est-ce que lui aussi a envie de m'appeler « mon ange » ?

— Je suis sérieux, Deva.

— Bien sûr, et mes ailes se cachent où, au juste ?

— On te les a coupées.

Le sérieux me revient devant sa mine triste. Il baisse le regard un instant, et même si je ne connais pas trop Caliel, c'est bien la première fois que je le vois gêné.

— Qu'est-ce que tu racontes ?

— La vérité. Tu es une ange déchue.

— Je ne suis pas en enfer, il me semble.

— Non, effectivement, ta chute a été détournée sur Terre.

Je ne comprends rien et je commence à m'énerver. C'est impossible. Je… ce n'est pas possible !

— C'est pas drôle, Caliel, vraiment pas drôle.

Je m'agite, me lève, fais quelques pas et agrippe mon anneau en essayant de me calmer et de réfléchir. Mais comment garder la tête froide après un tel aveu ?

— Ce n'est pas une blague. Tu es une ange, tu t'appelles Myriel.

— Non !

— Il dit la vérité, lâche une voix grave.

Jeff descend les quelques marches de la maison et me rejoint. Il saisit mes épaules.

— C'est la vérité, Deva. Tu es une ange.

Je le dévisage, sous le choc. Je cherche la faille qui me dira qu'il ment, mais il n'y en a pas.

Je me dégage et recule.

— Vous dites n'importe quoi !

— Tu aurais dû m'attendre, tonne Jeff à l'intention de Caliel. T'as aucun tact pour annoncer les nouvelles.

— Elle est prête, à présent. L'entraînement a porté ses fruits. Elle doit prendre une décision rapidement.

Je les regarde discuter, et ce qui m'a choquée dans le comportement de Jeff, lors de la première venue de Caliel, m'interpelle de nouveau. Ils se connaissent.

— C'est quoi, ces conneries ? j'interroge mon ami, en colère.

— C'est compliqué, Deva, alors calme-toi et nous allons tout t'expliquer.

— M'expliquer quoi, au juste ? Que je suis une ange tombée du ciel et qui a malheureusement atterri sur Terre ?

— Non. J'ai fait en sorte que tu n'ailles pas en enfer, poursuit Caliel.

Je reste avec les yeux braqués sur Jeff. C'est impossible que tout soit un mensonge, pas après tout ce qu'on a vécu ensemble… Je n'y crois pas. Je ne veux pas y croire.

— Dis quelque chose, je supplie presque Jeff.

— Je suis désolé.

Il amorce un pas dans ma direction. Je recule encore. L'envie de partir d'ici me démange fortement. Courir et fuir pour ne pas affronter cette réalité qui semble être la mienne. C'est le plus fou : j'ai toujours voulu savoir qui j'étais, connaître mon histoire, et maintenant qu'elle est à portée de main, je n'en veux plus.

Je débloque. Je ne sais plus quoi faire ni même à qui faire confiance. C'est surréaliste, même pour moi.

Je me tourne pour échapper aux regards des deux hommes. Je ferme les yeux et inspire lourdement à plusieurs reprises. J'ai l'impression que ma vie m'échappe, et que même la Terre tourne à l'envers.

Je prends mon temps pour m'éclaircir les idées, respirer et penser aussi de manière rationnelle, comme pour anticiper le trop-plein d'émotions ingérables qui s'apprêtent à débouler.

Derrière moi, personne ne dit quoi que ce soit. Je sens pourtant leur impatience, surtout celle de Caliel.

— Très bien, dis-je en me retournant. Racontez-moi ce qui s'est passé et qui je suis.

* * *

Nous sommes dans le salon. L'ambiance est tendue à l'extrême, et même les murs le ressentent.

— Je vais vous laisser, annonce Jeff, c'est mieux. On parlera après, Deva, si t'en as envie.

— Envie, je ne sais pas, mais c'est certain qu'on va parler.

Jeff quitte la pièce. Mon cœur se serre devant sa flagrante culpabilité, mais selon ce que va dire Caliel, il est certain que je vais lui en vouloir. Si tout est vrai, il me ment depuis cinq ans.

Je m'installe sur le canapé. Caliel prend place à mes côtés. Il est fidèle à lui-même, presque froid, comme si tout ça n'était qu'une formalité. Or, c'est ma vie qu'il va chambouler, ce n'est pas rien.

— Je t'écoute.

Il m'adresse un regard étrange et j'ai comme l'impression de voir ses iris bleus briller.

— Tu t'appelles Myriel, et nous sommes frère et sœur.

J'ouvre de grands yeux en le dévisageant. Mon cœur palpite à une vitesse folle.

— Pardon ?

— Tu es ma sœur, confirme-t-il d'une voix calme.

J'essaie d'envisager cette vérité, que cet ange étroit d'esprit et irréellement beau fasse partie de ma famille. Nous ne nous ressemblons pas et je repense à tout ce que j'ai ressenti d'étrange en sa présence, une forme d'attraction qui n'avait rien de charnel. C'était ça, alors…

— Nous sommes des officiers de l'armée céleste. Toi et moi, on a gravi les échelons ensemble en gagnant des batailles.

Il inspire, prend ma main et la serre entre les siennes.

— Je sais que tu ne te souviens pas encore, mais le travail mental que je t'ai fait endurer durant ces cinq dernières années me permet de te révéler la vérité aujourd'hui, et bientôt les souvenirs reviendront, je l'espère.

— Le travail mental ?

— Oui, la maîtrise de ton pouvoir dans… tes rêves.

Caliel me fixe en attendant ma réaction. Je crois que je n'ai plus de surprise en stock. Il me reste l'acceptation, malgré l'étrangeté de la situation.

— Qu'est-ce que mes rêves ont à voir là-dedans ?

— J'ai manipulé ton esprit, durant ton sommeil, afin de te préparer à cette révélation, sinon tu ne l'aurais pas supporté mentalement et ça aurait pu mal finir. J'espère que tu pourras me pardonner.

— Mal finir comment ?

— Perdre l'esprit. Il faut quelqu'un de fort pour contrer l'effet de la chute et de la préparation.

L'idée qu'il se soit introduit dans mes rêves me révulse. J'ai l'impression de ne plus m'appartenir, de ne plus savoir à quel fait me référer alors même que mes songes ne sont pas à proprement parler les miens. Il a fait ça durant tout ce temps : cinq ans à subir un sommeil mouvementé pour me préparer à cette révélation.

— Est-ce que ça va ?

Je ricane et me frotte le visage. Rien ne va plus. Je pensais qu'après avoir retrouvé cette épée, tout rentrerait dans l'ordre. Or, c'est encore plus le bordel dans ma tête.

— Qu'est-ce qui s'est passé pour que je perde mes ailes ?

Je n'en reviens pas de poser la question. J'ai l'impression de parler de quelqu'un d'autre, d'une entité qui a évolué dans un monde parallèle, mais surtout pas de moi.

— Tu es tombée amoureuse.

Caliel se tait, comme s'il attendait de voir comment j'absorbe cette énième révélation. C'est probablement ce que je trouve de plus sensé jusqu'ici. J'ai toujours eu cette sensation qu'il y avait eu un homme dans ma vie. Ma main se porte à mon anneau, que Caliel fixe comme une évidence.

— Et alors ? C'est un crime au paradis ?

— Oui. Quand on est membre de l'armée, c'en est un. Notre devoir, c'est de nous battre. Nous sommes programmés pour ça, pour ne rien ressentir afin de nous consacrer à notre devoir.

— De qui je suis tombée amoureuse ? Un humain ?

— Non, un ange aussi. Il s'appelle Haniel, c'est un général de l'armée céleste.

Haniel… Je me répète ce nom, encore et encore. Un frisson gagne ma colonne vertébrale lorsque j'essaie de le relier à ma vie, celle que je ne connais pas encore.

— C'est lui qui te l'a offert, dit Caliel en désignant mon anneau, et c'est ce qui vous a trahis. Ça, et ta volonté de devenir humaine pour vivre cette histoire au grand jour.

Caliel baisse la tête, soudain abattu.

— Qu'est-ce qu'il y a ?

— Je n'aime pas me rappeler ce jour, avoue-t-il tout bas.

— Quel jour ?

— Celui où j'ai dû t'arracher les ailes.

— Pourquoi tu as fait ça ?

— Parce qu'on me l'a ordonné. Ils m'ont désigné comme bourreau et je n'ai jamais rien vécu d'aussi terrible. Mais, quelque part, c'est une chance, j'ai pu intervenir.

— Qu'est-ce que tu as fait ?

— J'ai contacté Jeff, avant ta chute, pour qu'il te récupère et prenne soin de toi.

— Et il a accepté ?

Connaissant Jeff et son animosité envers l'ange, je me demande bien pourquoi il ne l'a pas envoyé se faire foutre.

— J'ai fourni de bons arguments.

— Admettons. Comment tu as fait pour que je n'atterrisse pas en enfer ?

— Lors d'un bannissement, on arrache les ailes de l'ange pour lui faire vivre l'humiliation ultime d'être humain et pour qu'il ne puisse plus revenir au paradis. Il est condamné à terminer en enfer et à subir la torture éternellement. Je ne pouvais pas te laisser vivre ça. J'ai arraché tes ailes, mais, avec Haniel, nous avons dévié ta chute, dans le portail cosmique qui relie le paradis à l'enfer, afin que tu atterrisses sur Terre. Lors de la cérémonie, une fois ton corps tombé, le conseil a quitté la salle, et c'est à ce moment que nous sommes intervenus.

— Et je suis tombée sur Terre ?

— Oui. Jeff t'a recueillie. C'est ce qui t'a fait perdre la mémoire – la chute et la déviation –, j'imagine.

— Les cicatrices dans mon dos, ce ne sont pas des démons, c'est la trace de mes ailes…

— Oui.

Je fixe le vide devant moi en essayant d'assimiler tout ce qu'il vient de dire. Ça paraît tellement fou.

— Je sais que tu doutes, mais, si tu réfléchis bien, beaucoup de choses vont te montrer que c'est vrai. L'anneau a été fondu dans un alliage céleste. Tu peux aller le faire expertiser, aucun joaillier ne pourra te dire en quoi il est fait. Les marques sur ton dos. Ton don de lire dans les pensées, c'est angélique – j'ai le même –, et ton instinct plus développé que celui des humains, il te vient de ta vie angélique, aussi, tout comme ton besoin de protéger ce monde. Ta chute déviée n'a pas eu le temps de te dénaturer totalement.

Il a raison. Si je relie tous les points, tout semble s'emboîter. Tout prend une dimension réelle. Mais c'est tellement fou... Ce matin encore, j'étais une Protectrice, une humaine certes dotée d'un don exceptionnel, mais une humaine quand même. Je m'imaginais une vie et...

— Haniel, il a chuté aussi ?

— Non. Il a eu le temps d'effacer vos souvenirs dans ton esprit afin que l'Explorateur ne trouve rien sur lui. Compte tenu de son rang, il a dû faire profil bas afin d'assister au procès et de pouvoir dévier ta chute par la suite. S'il s'était dénoncé, vous seriez tous les deux en enfer à l'heure actuelle.

— Il est au paradis ?

— Oui, il est toujours général.

— Pourquoi il n'est pas avec toi, dans ce cas ?

— Son rang ne lui permet pas de quitter le paradis aussi facilement que moi.

Je trouve les agissements de cet Haniel étrange. D'un côté, il me sauve, de ce que je comprends, mais d'un autre, il ne me recherche pas…

— Durant ces cinq dernières années, il a veillé sur toi autant que moi.

— Je ne me souviens de rien, je soupire. Je cherche, mais rien ne vient. Que ce soit toi ou lui, vous êtes des inconnus pour moi.

J'avoue tristement ce qui m'a toujours rongée, ce défaut de mémoire constant que je désespère de voir corrigé un jour.

— J'essaie de me rappeler, j'essaie chaque fois, mais je n'y parviens pas. Je n'ai que des sensations et quelques images floues.

— Je peux te montrer, si tu veux, du moins mes propres souvenirs avec toi et ce que tu m'as raconté.

— Tu peux faire ça ?

— Oui, j'ai ce don.

Je hoche la tête en appréhendant ce que je vais voir, mais ma curiosité est trop forte. Je ne peux pas rester seulement avec cette histoire digne d'un conte. J'ai besoin de tout voir.

Caliel prend mes mains.

— Ferme les yeux, ça risque d'être un peu violent.

— Ne t'en fais pas.

Mes paupières se baissent. La pression des mains de Caliel se fait plus forte et je sens comme un courant électrique qui se propage entre nous, avant que des images apparaissent directement dans ma tête.

# Chapitre 21

La sensation étrange que quelqu'un entre dans ma tête est dérangeante, et je comprends ce que ressentent tous ceux qui ont subi mon intrusion. Mais, très vite, une image apparaît et occupe toute mon attention.

C'est moi, à travers les yeux de Caliel. Je suis blonde, mais le visage est bien le mien. J'ai des ailes, de magnifiques ailes blanches rabattues dans mon dos. Je tiens une épée dans une main et je tente de toucher Caliel, qui rit en esquivant. Nous sommes au milieu de ce qui ressemble à une arène. À côté de nous, d'autres combattants s'exercent.

— Tu es toujours trop rentre-dedans, petite sœur, s'amuse Caliel.

Celle que je vois face à lui fronce le nez avant de prendre un air dur et de se mettre en position d'attaque. Puis le combat commence. Je perçois l'amusement de Caliel à travers le souvenir de ses sensations. Je ressens aussi l'affection qu'il porte à Myriel. Mais, très vite, lorsqu'elle prend le dessus, il n'est plus question de jeu. Caliel se concentre totalement et essaie de parer les coups d'épée que je lui porte. Il trébuche en voulant reculer et finit au sol. J'en profite pour brandir mon arme et mime la mise à mort en arrêtant ma lame à quelques centimètres de son cœur.

— Toujours trop rentre-dedans, selon toi ? je demande en haussant les sourcils.

— Je n'étais pas prêt…

Des applaudissements le coupent dans sa tentative d'argumentation, que personne n'aurait crue. Nous tournons la tête et, toujours à travers Caliel, j'aperçois un ange vêtu d'une armure argentée, la peau ébène et le regard bleu si clair qu'il en paraît translucide. Caliel se redresse d'un bond et s'incline devant cet ange. Je fais de même.

— Général, je m'entends prononcer faiblement.

Il s'approche et me dévisage de longues secondes. Caliel trouve cela étrange. Il est même inquiet, mais pas moi, je le vois : je suis subjuguée par cet ange au charisme imposant.

— Belle démonstration, dit-il de sa voix de baryton.

Puis à l'adresse de Caliel :

— Ne jamais sous-estimer son adversaire.

Je me vois sourire devant ce que j'imagine être la mine contrite de Caliel.

— Je cherche quelqu'un pour entraîner les nouvelles recrues...

— Ce sera un honneur, général Haniel, je réponds avant même qu'il n'ait terminé sa phrase.

Pas besoin d'en connaître un rayon sur l'attraction, l'amour ou le désir pour voir qu'entre Haniel et moi, il se passe quelque chose, un courant qui ne demande qu'à exploser.

L'image se brouille, puis disparaît, et je comprends que je viens d'assister à ma rencontre avec Haniel. Mais, très vite, une autre surgit.

Le décor change, un autre instant que Caliel me fait vivre par l'entremise de ses yeux. Il court à travers un dédale de couloirs. Il croise des statues, des tableaux, des colonnes de marbre – le bâtiment semble immense –, quand enfin il s'arrête face à une tapisserie. Il regarde autour de lui, puis passe derrière et atterrit dans un tunnel, qu'il emprunte jusqu'à une cache, où il me trouve. Je suis surprise – sûrement que j'attendais quelqu'un d'autre.

— Qu'est-ce que tu fais là ? je demande avec étonnement.

— Et toi ?

Je baisse les yeux, honteuse qu'il m'ait surprise à cet endroit. Caliel avance jusqu'à moi et redresse mon visage. Je perçois son désarroi et sa tristesse.

— Oh ! Myriel, tu l'aimes ?

Je hoche la tête en fermant les yeux avant de fondre dans ses bras. Caliel me serre contre lui affectueusement. Il comprend alors que toutes mes sorties et mes excuses étranges étaient des prétextes pour retrouver Haniel.

Encore une fois, l'image change. Cette fois, Caliel est dans une sorte de jardin. L'herbe est prodigieusement verte. Une lumière intense habille l'endroit et ce décor me semble plus familier : il ressemble à celui de mes rêves. Caliel fait les cent pas. Il est impatient et stressé. Je suis derrière lui, cachée par une haie. Puis Caliel s'éloigne un peu lorsque Haniel arrive, mais garde un œil sur nous tout en surveillant les alentours. Je nous entends discuter des autres anges, des risques qu'on prend, qui deviennent trop dangereux, puis Haniel met un genou à terre et sort cet anneau que je porte autour du cou aujourd'hui. Je vois l'émotion dans mes yeux. L'amour est clairement présent entre nous deux.

— Je voulais incarner notre amour dans quelque chose de tangible. Quelque chose qui te fera penser à moi quand je ne suis pas avec toi. L'anneau, chez les humains, c'est un signe fort. Celui-là, il est indestructible, comme notre amour, Myriel.

Il le glisse à mon doigt tremblant avant de se lever et de me prendre dans ses bras.

L'image change de nouveau, et cette fois je me retrouve à genoux, au milieu d'une grande salle, face à onze anges installés dans des fauteuils qui ressemblent à des trônes. Derrière eux, des statues immenses ajoutent à l'aspect solennel de la salle. Le sol est en pierre blanche. D'autres anges sont installés tout autour. Caliel est à ma gauche. De la peur et de la peine émanent de lui alors qu'un des dix annonce le verdict.

— Myriel, tu es bannie pour trahison, pour avoir tenté de déserter ton rang et pour avoir commis le sacrilège de vouloir devenir humaine. Tes ailes vont t'être arrachées, puis tu seras jetée dans le tunnel menant aux enfers afin de subir la torture de ses flammes. Cette sentence est immédiate.

On claque des doigts, puis c'est Caliel qui s'approche pour faire office de bourreau. Il ne le veut pas, je le sens. Il doute d'être capable de faire ce qu'on lui demande à sa sœur. Mais il n'a pas le choix, il doit préserver notre secret, à Haniel et moi. Caliel se penche vers moi. Il sort son épée et coupe une aile, ce qui semble provoquer une immense douleur, car je grimace. Mais je tiens bon, je ne flanche pas. Je ne donne aucune satisfaction à ceux qui m'ont condamnée. Tout se passe dans un silence effroyable, personne ne sourcille. Personne ne s'insurge contre ce verdict terrible. Ce sont de simples spectateurs.

Caliel s'attaque à mon autre aile, et me voilà le dos en sang : mes plumes au sol ne m'appartiennent plus. Je trouve ce moment d'une cruauté sans nom. Caliel vacille. Il ne veut pas me pousser dans le tunnel. Il me soulève dans ses bras. Je me vois à travers ses yeux. Mon visage est figé. Il n'y a qu'une larme qui coule sur ma joue, certainement pour mon amour perdu et oublié. Caliel le sait : c'est le quitter qui est le plus douloureux.

Caliel me lâche autant dans le souvenir que dans le présent. Je reprends contact avec la réalité, ici, dans la maison de Jeff.

Je dévisage l'ange en face de moi. Je revois tout ce qu'il m'a montré, ces moments de vie fugaces et pourtant profonds. Notre histoire, mon histoire…

— Désolé, dit-il. Je n'aime pas m'attarder sur ce souvenir.

— Comment tu as pu ?

— Je ne sais pas, je ne l'ai jamais su. Ta force, sûrement. Ton courage : il m'a poussé à agir en ce sens.

— Tu m'as abandonnée.

— Non, jamais. J'ai fait en sorte que tu sois ici, sur Terre, et j'ai toujours gardé un œil sur toi de là-haut.

— Et c'est suffisant ?

— Non, ça ne l'était pas, mais c'est tout ce que je pouvais faire. Tu vois les choses avec ton regard humain, mais tu n'étais pas la même. Je t'aurais déçue si j'avais avoué que tu étais amoureuse d'Haniel. Tu m'en aurais voulu, Myriel.

Probablement. Nous ne le saurons jamais à présent. J'ignore ce que ressentait cette femme que j'ai vue. J'ignore sûrement beaucoup de choses à son sujet, et ce que représentaient Caliel et Haniel pour elle. Elle n'existe plus, il n'y a plus que moi à présent.

— Pourquoi tu me révèles tout ça aujourd'hui ? Pourquoi avoir attendu cinq ans ?

— Nous cherchions un moyen de te réhabiliter, avec Haniel.

— L'épée.

— Oui. Cette arme n'est pas anodine, elle a une grande importance, et je pense qu'elle peut te permettre de retrouver tes ailes.

— Vraiment ?

— Oui. Tu étais un bon soldat, ils ne peuvent pas le nier, et si tu te présentes avec cette épée, ils n'auront pas d'autre choix que de te donner au moins une chance.

— Je pensais que c'était définitif.

— Ça l'est, si tu es en enfer, mais tu n'y es pas allée. Tu as encore une part angélique en toi. On doit le tenter, Deva.

— Pourquoi ? Pourquoi je devrais revenir ?

— Parce que c'est chez toi.

— C'est ici, chez moi.

Je me lève en soupirant. Tout ça va trop vite. Tout est trop flou pour que je prenne ce genre de décision dans la minute. Je me demande à quoi il s'attendait, au juste : à ce que je lui saute dans les bras, que tout me revienne et que cette femme qui était sa sœur soit de retour ? C'est impossible. Je ne sais même plus qui je suis.

— Je dois… réfléchir à tout ça, Caliel. Même si je te crois, même si je suis consciente que tu dis la vérité, c'est beaucoup à encaisser.

— Combien de temps il te faut ?

— Je ne sais pas.

— Il faut agir vite, on ne peut pas prendre le risque que quelqu'un découvre ce stratagème.

— Pour ça, il aurait fallu m'en parler plus tôt.

— C'était trop risqué.

Je ne sais pas quoi répondre, j'ai déjà la tête pleine d'infos pour la soirée. Le reste peut attendre, et tant pis s'il est trop tard. Je ne peux tout simplement pas tout quitter pour rejoindre le paradis. Rien que de répéter ces paroles dans ma tête me semble ahurissant.

Une voiture approche. C'est Morgane qui rentre. Je ne sais pas si Jeff a pu l'informer de tout ce qu'il s'est passé ce soir.

— Tu devrais y aller, j'informe Caliel.

L'ange se lève. Il s'approche et semble attendre quelque chose de moi, mais je ne vois pas ce qui pourrait conclure cette soirée trop étrange.

— Je sais comment te contacter.

Je m'apprête à quitter le salon lorsqu'il m'interpelle.

— Deva ?

— Oui ? je réponds sans même me retourner.

— Tu ne me le demandes pas ?

— Quoi ?

— S'il t'aime encore.

Je ferme les yeux. Il ne me voit pas, mais avec lui, c'est comme si je ne pouvais rien cacher. Je ne lui poserai pas cette question, tout simplement parce que la réponse m'effraie. Qu'elle soit positive ou non, je ne veux pas le savoir. Je ne veux pas ajouter de poids dans la balance déjà trop lourde. La porte d'entrée s'ouvre. Morgane annonce qu'elle est rentrée.

— Au revoir, Caliel.

Le silence s'installe quelques secondes, puis Morgane entre dans le salon. Mon visage doit clairement exposer les contrariétés de cette nuit, puisqu'elle pose son sac et se précipite vers moi.

— Qu'est-ce qu'il y a ? s'inquiète-t-elle.

Je décide de commencer par les bonnes nouvelles.

— Archie est au paradis et tout va bien pour lui.

— Oui, j'étais avec lui quand il est parti. Il était… serein.

Je lui explique que Caliel est allé vérifier pour nous et qu'il m'a confirmé qu'Archie était enfin apaisé.

— Vous avez trouvé l'épée ?

— Oui, mais c'est une longue histoire.

— Où est Jeff ? On doit fêter ça !

Morgane a raison. Nous avons tous besoin de célébrer quelque chose, ce soir, après des semaines de traques et de doutes. Décompresser autour d'un verre ne fera pas de mal, et peut-être que j'y verrai plus clair.

— Je ne sais pas, probablement dans…

Je ne finis pas ma phrase, interrompue par un coup à la porte. Étrange, nous n'avons entendu aucune voiture approcher. Je vais ouvrir, avec une main sur mon poignard, mais la surprise me fige quand je découvre Zac sur le pas de la porte.

J'ai complètement oublié notre rendez-vous avec tout ce qu'il s'est passé.

— Salut, mon ange.

Je tique à ce surnom, puis je sors en informant Morgane que je reviens. Zac recule à mesure que j'avance sur le perron. Je crois qu'il est ma goutte d'eau ce soir.

— Oula ! Pourquoi j'ai l'impression que je vais passer un sale quart d'heure ?

— À toi de me le dire.

— C'est toi qui m'as posé un lapin, il me semble.

— Je ne parle pas de ça.

— De quoi, dans ce cas ?

— Tu savais…

— Deva, essaie de faire des phrases complètes parce que je ne comprends rien, là.

J'inspire. Je serre les poings. La colère m'envahit : il joue avec moi depuis le début. J'ai tant de fois essayé de le croire, de voir le bon chez lui, mais il y a toujours un aspect négatif qui revient en force, comme si l'univers me livrait chaque fois une munition de plus pour nous briser.

— Tu sais ce que je suis, j'affirme.

Zac paraît prendre une claque, mais très vite il se reprend.

— Ce que tu es ?

— « Mon ange », ce n'est pas pour rien. Tu me l'as dit, j'ai plus de ressemblance avec un ange que je l'imagine.

— De quoi ? s'étonne-t-il.

— Pourquoi tu m'appelles « mon ange » ?

— Je te l'ai déjà dit, tu leur ressembles beaucoup.

Ce mec est impossible !

— En quoi je leur ressemble ?

— Dans ton comportement, ta froideur et ton besoin de faire le bien à tout prix, comme si t'attendais une récompense du Tout-Puissant en faisant ça.

J'ai l'impression de prendre un coup à l'estomac lorsqu'il dit ça. Ce n'est clairement pas un compliment.

— C'est ce que tu penses de moi ?

— En partie, oui.

— Dans ce cas, pourquoi tu me cours après ?

Ça n'a pas de sens ! Comme à peu près tout, ce soir.

— Eh bien… commence-t-il avant de sourire en baissant les yeux. C'est ce que je me demande chaque jour qui passe. Tu es semblable à tout ce que je déteste, et pourtant tu m'attires inexorablement.

Il redresse la tête et me fixe de ses iris sombres avec une sincérité touchante. Je comprends qu'il est aussi perdu que moi, et je ressens la même chose pour lui.

Il franchit en quelques pas l'espace qui nous sépare et saisit fermement mon visage.

— Je ne sais pas ce que tu me fais, Deva, mais c'est là, entre nous, et toi aussi, tu le ressens, n'est-ce pas ?

Il me dévisage d'un air grave. Mon cœur le croit. Ce traître admet que c'est la vérité et ne trouve rien à y redire parce que son corps est contre le mien, son souffle est sur mes lèvres et que tout mon air est fait de Zac.

— Je suis une ange, une vraie, j'avoue.

Le dire à voix haute me paraît tellement fou et pourtant bien réel.

— Quoi ? demande-t-il en me relâchant.

— Une ange, une vraie, avec des ailes, et l'armure céleste, et tout le tralala du paradis. Du moins, je l'étais.

Zac me fixe comme s'il n'en croyait pas ses oreilles. Il y a de quoi, cela dit.

— C'est pas possible, murmure-t-il pour lui-même.

— Et pourtant, si.

— Comment ?

— C'est une longue histoire, mais comme tu m'appelles mon ange, j'ai cru que tu savais et que tu ne m'avais rien dit.

— Crois-moi, je l'ignorais.

Je tique à ce ton qui me laisse penser qu'il ne se serait pas approché de moi si ça avait été le cas.

— Qu'est-ce que tu as contre les anges ? je l'interroge.

— C'est aussi une longue histoire.

Je le sens un peu plus perdu, ou bien je ne sais pas : c'est comme si un froid venait d'être jeté entre nous, et j'admets ne pas aimer ça. Zac n'est pas présent depuis longtemps dans ma vie, mais je me suis habituée à lui, à son caractère vacillant, à son ego démesuré, à son second degré et au charme attractif qu'il dégage.

— Je suis toujours la même, je me justifie.

Zac me sourit, l'air de sortir de ses pensées, puis il revient contre moi.

Il rit, puis caresse mon visage du revers de la main.

— Personne ne peut savoir qui tu es, Deva. Tu étais prête à me tuer, il y a deux minutes, et maintenant tu sembles douter. Tu es insaisissable.

— Ne me fais pas regretter de t'avoir épargné.

— Et tu ne sais pas apprécier un compliment à sa juste valeur.

— Et toi, tu ne sais pas quand t'arrêter de parler.

— Tu veux que je me taise ?

Je hoche la tête. Si, pour une fois, il pouvait faire ce que je lui demande, je lui en serais éternellement reconnaissante.

— Il n'y a qu'un moyen pour que ça arrive, mon ange.

— Lequel ?

Je m'amuse de la tension qui le gagne.

— Que tu…

— Alors, vous venez ! s'emporte Morgane. Je ne vais pas trinquer toute seule !

Zac jure en laissant aller sa tête sur mon crâne. Je ris. Morgane est une parfaite trouble-fête. J'entraîne Zac jusqu'à la maison pour fêter la fin de notre combat. Le reste attendra. Les questions, les doutes, je vais tenter de les faire taire cette nuit.

# Chapitre 22

J'ouvre les yeux sur le plafond de ma chambre. Il me faut quelques minutes pour me rappeler les événements de la veille. L'incendie, les démons supérieurs qui se sont battus avec des basiques, l'épée retrouvée, Archie qui nous a quittés pour le paradis, Caliel et son histoire, la soirée avec Morgane et ses questions, Zac et…

Je me redresse un peu trop vite pour ma tête. Je cherche le magnétiseur parce que, si ma mémoire ne me fait pas défaut, c'est lui qui m'a conduite dans mon lit après quelques verres de champagne en trop. Je suis seule et habillée, c'est rassurant. Il y a un mot sur l'oreiller : « Intéressante, cette nuit avec toi, on en reparle ce soir, j'ai des trucs à faire. À plus, mon ange. »

Je me demande bien ce qu'il sous-entend par « intéressante ». J'espère que je n'ai pas dit trop de conneries. Je sais que l'alcool me rend pipelette.

Je me recouche. J'ai mal au crâne. Je ferme les yeux et des souvenirs un peu vagues refont surface. Son corps contre le mien, moi qui tente de le séduire en riant comme une imbécile. Zac n'a pas profité de la situation. Pourtant, je n'aurais pas refusé, mais il savait sûrement que je lui en aurais voulu ce matin. C'était une nuit reposante, pour une fois. Dommage que le réveil soit difficile. Je me traîne jusqu'à la douche, qui achève de m'éclaircir les idées. J'enfile un short et un t-shirt, bien décidée à passer la journée à la maison, puis je vais me faire un café, que je bois en regardant les infos locales sans le son. Mon crâne n'est pas réceptif aux voix stridentes des présentateurs. Le silence règne dans la demeure. Morgane doit dormir. Quant à Jeff, il a déserté la maison depuis la venue de Caliel hier. Il n'est pas rentré. Pourtant, il n'a pas pris le pick-up et je me demande bien quand il va se décider à revenir. Je ne suis plus en colère contre lui, je suis déçue. C'est sûrement pire, mais si on m'avait demandé de désigner une personne en qui j'avais toute confiance, ç'aurait été Jeff. Il était le seul point de repère stable de mon existence brouillonne. Un pilier essentiel dans ce monde instable, et voilà que tout s'écroule.

Je repense aux souvenirs de Caliel, aux images qu'il a partagées avec moi ainsi qu'à ses paroles. Cet ange que j'ai vu, même si je sais que c'est moi, je n'arrive pas à l'associer à mon histoire. J'aimerais avoir plus de détails, connaître un peu mieux mon passé et comprendre tout ce qui m'échappe. Comme cette histoire d'amour avec Haniel.

Je sursaute quand Caliel fait irruption dans le salon. Mon café termine sur mon t-shirt.

— Bonjour, Deva, dit-il de son ton neutre.

— Nom de Dieu, tu ne peux pas débarquer comme ça !

— Intéressante, cette expression.

Je grimace et gagne la cuisine pour aller éponger les dégâts, Caliel sur mes talons.

— Qu'est-ce que tu fais là ?

— Il y a eu du changement, tu dois venir avec moi.

— Pardon ?

— Je t'expliquerai une fois là-haut.

Il attrape mon bras, puis, la seconde d'après, je me retrouve propulsée dans une sorte de trou noir qui tourne dans tous les sens, avant qu'une lumière éblouissante nous attrape. Mes pieds touchent à nouveau un sol, froid et dur. Je vacille et Caliel me rattrape.

— Désolé, c'est un peu violent quand on n'est pas habitué.

Et quand on a la gueule de bois de surcroît. Je crois que je vais vomir. Caliel remarque mon malaise et m'indique de respirer calmement. Ce que je fais en me penchant. Je constate que je tiens toujours ma tasse.

— On est où, là ? je demande en me redressant.

— Au paradis.

— Au… quoi ?!

— Viens, je dois te montrer quelque chose.

Il prend ma main et me traîne derrière lui le long d'une gigantesque allée en marbre blanc, semblable à celles que j'ai vues dans ses souvenirs. Il déconne, je ne vois pas d'autres explications. On ne peut pas être au paradis.

— Tu m'expliques ?!

Caliel ne ralentit pas. Nous passons devant de multiples bâtiments blancs, tous d'une taille démesurée. C'est somptueux.

Caliel s'arrête enfin devant une grande porte double en bois ouvragé, et je me perds un peu dans la contemplation des gravures. Des anges et des scènes de combats. Il me saisit par les épaules pour obtenir mon attention.

— Nous y sommes. C'est le tribunal céleste, où les anges se réuniront bientôt pour parler de ton cas. Je n'ai pas pu retarder l'échéance. L'épée a été découverte et j'ai dû leur dire la vérité.

— Caliel, dis-je en essayant de rester calme, je ne comprends rien de ce que tu racontes.

Une cloche résonne. L'ange en face de moi serre les mâchoires. Je dirais qu'il est à cran, ce qui ne me rassure pas du tout.

— Justement, je vais t'expliquer.

Il m'entraîne à l'intérieur du bâtiment. Après un hall d'entrée, nous pénétrons dans la salle d'audience. Tout est toujours blanc et pur. Devant nous se dressent, en arc de cercle, onze sièges.

— C'est ici que tu seras jugée.

— C'est… heu… impressionnant.

— Tu te tiendras ici, dit-il en me désignant le centre de la pièce, et en face, sur les sièges, il y aura dix anges, les jurés, tirés au sort, et un juge qui présidera la séance.

OK, je ne suis pas certaine de vouloir me retrouver au centre de l'attention pour, en plus, qu'on fasse mon procès. Tout va beaucoup trop vite, et si j'ai bien compris que Caliel n'a pas eu le choix, j'ai encore la possibilité de dire non, de rester sur Terre et de dire adieu à cette vie que je ne connais pas.

— Qu'est-ce qu'il va se passer ?

— Ils vont entendre les témoins, ceux qui plaideront ta cause et ceux qui seront contre toi. Probablement qu'ils te donneront aussi la parole. Ensuite, ils prendront une décision.

— Et s'ils acceptent de me réintégrer ?

— Tu redeviendras un ange.

— Immédiatement ?

— Oui, et tu ne pourras pas quitter le paradis.

— Et s'ils refusent ?

— Je ne sais pas vraiment, ça dépendra de leur jugement. Tu retourneras probablement sur Terre, et ce sera définitif. Tu ne pourras plus revenir, tout comme si tu n'assistes pas au procès.

Je me mords la lèvre en inspectant cette immense pièce, déserte pour l'instant. Je vais devoir prendre une décision qui aura un impact démentiel sur ma vie. Il sera même décisif. Je dois envisager la possibilité de vivre ici, en ange, de tout abandonner sur Terre, tout ce que j'ai construit depuis cinq ans… J'en ai des bouffées d'angoisse tellement c'est fulgurant. Hier encore, j'étais humaine. Certes, je côtoyais le surnaturel, mais je pensais au moins connaître avec exactitude ma nature, celle d'une humaine, pas celle d'une ange déchue qui a un frère et une histoire d'amour tragique au compteur.

— Tu hésites ? m'interroge Caliel.

— Évidemment que j'hésite, c'est une grande décision.

Il soupire, se rapproche et me saisit par les épaules.

— C'est ta vie, Myriel, ton univers, ton armée, celle à qui tu as voué ton existence. Ne pas t'en souvenir ne changera pas les faits.

Bien sûr que si, ça change tout, sinon je ne me poserais pas de questions. Je saurais quoi faire et quelle décision prendre. J'aurais toutes les cartes en main pour m'éclairer. Or, je n'ai pas celle de ma mémoire, et le jeu s'en retrouve faussé.

— Est-ce que j'étais comme toi ? je demande.

— Comme moi ?

— Aussi intransigeante.

Il me sourit. Son visage semble s'attendrir.

— Tu es pire que moi. Du moins, tu l'étais avant de tomber amoureuse. C'est propre aux guerriers.

Je ne pense pas que ce soit un argument en sa faveur, contrairement à ce qu'il laisse penser. Qui a envie d'être aussi froid ? La vie humaine est tellement complexe, tellement pleine de sentiments, de sensations… Est-ce que j'arriverais à m'en passer ?

— Il sera là ? je poursuis d'une voix plus fiable.

— Haniel ?

J'acquiesce.

— Je pense que oui, même si je n'ai pas pu m'entretenir avec lui ces derniers temps. Je doute qu'il rate ça, tout comme la plupart des anges. Ce n'est pas un procès commun. Le dernier remonte à des siècles avant notre naissance.

— Quel âge tu as ?

— Plusieurs millénaires.

J'en reste bouche bée.

— Tu as…

— Toi aussi.

Non, certainement pas, je n'ai pas plusieurs milliers d'années !

— Tu n'as pas remarqué que tu ne vieillissais pas.

Je secoue la tête.

— C'est un trait angélique qu'il te reste aussi, pas aussi marqué que si tu avais tes ailes, mais il est toujours là.

Une folie de plus à intégrer. Je fais le tour de la pièce des yeux. Caliel m'explique les grandes lignes de l'événement, puis nous quittons le bâtiment. Dehors, une lumière éclatante se reflète sur les bâtiments aux alentours.

— Tu viendras ? me questionne-t-il avec espoir.

Je le dévisage en me répétant qu'il est mon frère, que nous avons une enfance commune et des années… non, des siècles de vie ensemble. Pourtant, aucun souvenir ne vient réveiller ce lien.

— Je ne sais pas, Caliel.

— Je vais te ramener pour que tu puisses réfléchir, et si tu as besoin de moi, tu sais comment m'appeler.

— Quand aura lieu le procès ?

— Quand ils seront prêts. Je viendrai te chercher à ce moment-là.

J'acquiesce, incertaine de répondre favorablement lorsqu'il se présentera à moi pour me ramener ici. Mais je mettrai ce temps qu'il me reste à profit pour poser les choses et prendre la bonne décision.

# Chapitre 23

C'est mon tour, cette semaine, pour les courses. Morgane me l'a rappelé à son réveil. C'est très étrange de me promener dans un supermarché alors que, le matin même, j'étais au paradis, à discuter avec un ange. Vraiment très bizarre. La normalité de ma vie sur Terre et ces petites choses que font les humains me paraissent subitement vaines. Je reste figée devant les paquets de pâtes, à me demander si c'est vraiment important de choisir la taille des spaghettis. Une guerre se prépare et je fais des courses. C'est complètement fou !

Je rentre à la maison, les mains pleines de paquets. Je suis accueillie par Jeff, qui a finalement décidé de revenir. Il me déleste des sacs pour les mettre sur le plan de travail.

— Te revoilà.

— Ouais, j'avais besoin d'air.

— OK.

Il a l'air d'aller bien – du moins, il est fidèle à lui-même : bougon mal rasé, avec une bière à la main.

— Tu ne me demandes rien ? je l'interroge en rangeant les courses.

— Non, je pensais que ça viendrait de toi.

— Quoi donc ? Les reproches ou les faits ?

— Les deux.

Je referme le frigo et m'y adosse. Je fixe cet homme qui a tant fait pour moi. Quelque chose me perturbe depuis que je sais la vérité. Ça ne ressemble pas à Jeff, de servir quelqu'un, même si c'est un ange.

— Avec quoi il te tient ?

— Rien.

— Tu ne crois pas que tu m'as assez menti comme ça ?

— J'ai pas à me justifier…

— Tu plaisantes, j'espère !

— Non, dit-il d'un ton plus ferme. J'ai fait ce que je devais faire pour ton bien.

J'en ai marre qu'on me sorte ce baratin. Comme Caliel, il se dédouane, mais ça ne fonctionne pas quand on se côtoie depuis cinq ans.

— Mon bien ? Quel bien, Jeff ? Tu savais parfaitement que je souffrais de ne pas savoir d'où je venais et tu n'as rien dit ! Durant tout ce temps, tu savais et tu n'as rien dit !

Je suis à cran maintenant et de nouveau en colère. Il ne peut pas faire comme si ce n'était pas sa faute. Il a contribué au mensonge et je veux savoir pourquoi.

— Qu'est-ce que je suis pour toi, au juste ? Un boulet que tu as dû te coltiner pendant cinq ans pour je ne sais quelle raison ? C'est ce que je représente, Jeff ?

— Non, et tu le sais très bien.

— Dans ce cas, pourquoi avoir gardé le silence ?

Il se lève, me fusille du regard et quitte la cuisine pour le salon.

— Tu vas fuir, encore ! Me tourner le dos et croire que je vais oublier !

— Deva, j'ai… je ne pouvais pas te dire la vérité. Tu ne l'aurais pas supporté mentalement.

Je m'approche. Son ton est moins dur à présent. Mon cœur se serre en le voyant tiraillé.

— OK, mais qu'est-ce qui t'empêchait de me mettre sur la voie ? Il t'a menacé ?

Jeff inspire profondément. Il fixe le sol sans répondre.

— Qu'est-ce qu'il a fait ?

Un frisson me gagne lorsque je croise son regard. Pas besoin de mots : Jeff n'est jamais aussi abattu, sauf quand il pense à elle.

— Kelly.

Il hoche la tête.

— Il m'a offert de la revoir un jour si j'exécutais toutes ses demandes.

Je ne sais pas si Caliel a menti, s'il a dit ce que Jeff voulait entendre pour arriver à ses fins, mais je trouve son deal particulièrement cruel.

— Deva, reprend Jeff, je l'ai fait pour ça, au début, pour Kelly, mais depuis bien longtemps, tu n'es plus une mission.

L'émotion me gagne. Jeff ne dit jamais rien de sentimental. Il montre qu'il tient à une personne autrement. Il met toujours le plaid sur le canapé pour Morgane, il achète chaque fois mes biscuits préférés quand c'est à son tour de faire les courses, il envoie toujours un texto pour prendre des nouvelles quand l'une de nous s'en va, il s'inquiète de savoir si on est bien arrivées, il allume le chauffage dès qu'il nous voit commencer à mettre des gros pulls alors qu'il se promène encore en t-shirt. Il prend soin de nous à sa façon, par de petits gestes quotidiens qui font que cette maison est devenue un foyer.

— Je veux la retrouver, mais je ne veux pas te perdre, conclut-il.

Je vais chialer s'il continue à me dire ce genre de choses. Je deviens trop émotive, ces derniers temps. Alors, quand un homme qui m'a recueillie, aidée, entraînée, et qui a fait de moi ce que je suis aujourd'hui me dit ça, l'émotion est trop forte.

J'essuie rapidement la larme qui coule sur ma joue.

— Il veut que je rentre au paradis.

Jeff fronce les sourcils.

— Il veut quoi, cet enfoiré ?

— Que j'y retourne.

— Où ça ? demande une voix derrière nous.

Morgane entre dans le salon. Elle nous observe tour à tour d'un air inquiet.

— Caliel veut que je retourne au paradis.

— Tu ne vas pas faire ça ! s'insurge-t-elle.

— Je ne sais pas.

Je m'assois sur le canapé. J'ignore totalement ce que je dois faire. Je suis tiraillée entre ma vie ici, qui me convient parfaitement, et l'idée de me battre aux côtés des anges, de connaître mon histoire et d'en apprendre davantage sur qui je suis réellement.

— Deva, reprend Morgane, si tu pars, tu ne reviendras pas. Tu seras un ange…

— Oui.

L'idée la révolte, je le vois parfaitement.

— Il débarque du jour au lendemain, te raconte tout ça et veut que tu changes tout d'un claquement de doigts. Ce mec n'a vraiment aucune compassion.

Je le lui accorde. Caliel voit le côté pratique de la chose et notre lien fraternel joue sans aucun doute en ce sens, mais ce ne peuvent être les seuls paramètres à prendre en considération. Il y a une tonne d'éléments qui me rendent indécise, et parmi eux, les deux personnes présentes, à cet instant, en face de moi.

— Je ne sais pas quoi faire, je répète. C'est tentant mais aussi flippant, et comme tu l'as dit, si je monte, je ne redescends plus. Je ne suis pas prête à vous abandonner.

Jeff grince des dents, l'air contrarié.

— Qu'est-ce qu'il y a ?

— Je n'ai pas envie que tu deviennes comme ces enfoirés.

— Ça n'arrivera pas, répond Morgane. Elle ne pourra pas effacer ces années avec nous, et ça change tout.

Je n'ai pas demandé à Caliel si j'allais oublier ma vie humaine, si le peu de passé qu'il me reste allait m'être enlevé. Il l'aurait mentionné si c'était le cas… du moins, je l'espère.

— Qu'est-ce que vous décideriez à ma place ?

— Je resterais, lâche Morgane sans hésiter.

— Je ne répondrai pas à cette question, je ne serai pas objectif.

Voilà qui m'aide à faire un choix !

— On s'en sortira sans toi, si c'est ce qui t'inquiète, continue Jeff.

— Sûrement.

Je souris à Morgane et la prends dans mes bras.

— Merci de me faire sentir que je compte.

— Mais évidemment que tu comptes ! Pas besoin d'envisager de quitter la Terre pour que je te le dise. Et tu connais assez Jeff pour savoir qu'il dit ça pour te déculpabiliser si tu fais le choix de nous quitter.

Nous rions. L'atmosphère se détend un peu.

— Tu seras seul contre les démons, dis-je à l'adresse de Jeff.

— Je l'étais avant que tu débarques.

— Quelque chose se passe, j'ajoute en me rappelant le discours du dernier démon que j'ai tué.

— Quoi ?

— Je ne sais pas, mais le démon qui se battait contre les supérieurs m'a dit que bientôt je connaîtrais son maître.

— Lucifer ?

— Non, sinon ils se seraient alliés aux supérieurs.

— Qui ?

— Je l'ignore.

Ce qui rend la situation tendue. On ne peut se préparer à la venue de quelque chose qu'on ne connaît pas. Mais j'ai la sensation que ce ne sera pas un petit morceau.

— Ça va aller, ne t'en fais pas, on gérera le moment voulu.

— T'as fini de l'influencer ? grogne Morgane.

— Je ne l'influence pas. Tu la connais, elle va s'en vouloir si jamais elle choisit le paradis. Je ne veux pas qu'elle pense qu'elle est lâche ou une connerie comme ça.

Il adresse un regard entendu à Morgane, qui soupire.

— Il a raison, on ne t'en tiendra pas rigueur. On sait combien c'est important pour toi de connaître ton histoire.

À quel prix ? Celui de devoir abandonner mon présent, établir un futur incertain au milieu d'anges que je ne connais pas et qui n'ont pas l'air ravis de me voir débarquer ? Je ne connais rien de la vie là-haut, mais de ce que j'ai vu, de ce que Caliel m'a raconté, c'est très cadré, très ritualisé. Est-ce que je pourrai me plier à ces directives ? Ici, je suis libre, libre de parcourir le monde si le cœur m'en dit, libre de parler à qui je veux sans devoir faire des courbettes, et libre d'aimer. Je perdrai tout ça en acceptant. Je perdrai Jeff, Morgane, Jesse et Zac.

— Qu'est-ce qu'il y a ? demande Morgane alors que je jure.

— Je n'ai rien dit à Zac encore.

Elle sourit.

— C'est que votre relation en est au stade où tu dois lui rendre des comptes ?

— Je n'ai pas couché avec lui.

Jeff se lève et quitte la pièce en bougonnant. Je ris, mais je sais que ce genre de comportement de sa part me manquerait drôlement si je partais.

— Pourtant, hier soir, ça avait l'air bien parti.

— J'étais ivre.

— Justement, tu lâches plus facilement prise dans ces cas-là.

— Trop ivre.

— C'est un gentleman, alors. Certains ne se seraient pas gênés pour en profiter.

— Oui, c'est quelqu'un de bien, je crois.

— Tu crois seulement ?

— C'est compliqué. Parfois, j'ai l'impression de le cerner, de le connaître. Ensuite, une nouvelle facette apparaît, et je me rends compte que je me suis trompée. Mais il arrive toujours à s'en tirer. Il est très fort pour ça.

— Tu l'aimes bien.

Sûrement un peu trop, alors que je ne le connais pas tant que ça et qu'il ne s'est rien passé entre nous, à part un jeu un peu puéril de séduction.

— Et si je fais le mauvais choix ?

— Avec Zac ?

— Zac et le reste. Si je me trompe, il n'y aura pas de retour en arrière possible.

— Deva, rien n'est jamais définitif. La preuve, cinq ans plus tard, tu as la possibilité de découvrir qui tu es.

Nous rions, ce qui détend un peu l'atmosphère. Cette journée a été tendue, et elle risque de prendre une tournure plus étrange encore lorsque j'aurai informé Zac de l'avenir qui s'offre à moi.

# Chapitre 24

Il est plus de 22 heures lorsque Zac apparaît enfin sur le parking du *Jack's Bar*. J'ai passé la soirée avec Jesse. Je lui ai aussi demandé conseil, et comme avec Jeff et Morgane, le choix me revient. Ce qui, soyons clairs, n'aide en rien parce que, justement, je ne sais toujours pas quel choix faire.

— Bonsoir, mon ange.

— Salut.

Zac vient s'asseoir sur les marches à mes côtés.

— Tu es remise de ta cuite ?

— Oui. Désolée, pour ça. Je…

Qu'est-ce que je pourrais donner comme excuse ? J'avais besoin de décompresser et je me suis un peu trop lâchée.

— Ne t'en fais pas, c'était plutôt marrant et instructif.

— Qu'est-ce que je t'ai dit ?

— L'épée, Caliel, et un certain Haniel.

— Ah…

— Oui.

Le silence s'installe. Je joue avec un fil qui dépasse de ma veste. Zac me fixe, je le sens.

— C'est si grave ? demande-t-il.

— Quoi ?

— Que je sache pour l'ange ?

— Non… enfin, tout dépend de ce que tu sais.

— Qu'il est ton grand amour et que ton anneau vient de lui.

— J'ai dit ça ? Qu'il était mon grand amour ?

— Oui.

— Désolée.

— Arrête de t'excuser, c'est encore plus humiliant.

— Humiliant ?

— Oui. Je n'ai pas pour habitude d'avoir une femme dans mes bras pendant qu'elle me parle d'un autre.

Je m'apprête à m'excuser de nouveau, mais son regard sombre m'en dissuade.

— Je ne sais rien de lui.

— Deva, je n'ai vraiment pas envie de parler de lui.

— Oui, pardon, je…

Zac se lève. Il est agacé.

— Viens, on va se promener. Je crois que ça nous fera du bien.

Je le suis. Nous quittons le parking du bar pour aller en direction du centre-ville. Je ne dis rien, de peur de lâcher un truc qui fâche. Je me demande comment aborder la proposition de Caliel et l'éventuelle décision du tribunal, qui pourrait me faire quitter définitivement ce monde. Ça risque d'être compliqué.

— Qu'est-ce que tu as fait aujourd'hui ? je le questionne à la place.

— Je suis allé à l'ancienne scierie.

— Alors ?

— Personne n'est venu. J'ai guetté durant des heures, mais rien. Quelqu'un vit là-dedans, cela dit.

— Oui. J'ai ressenti un truc bizarre là-bas, quelque chose de vraiment dérangeant.

— Si tu veux, demain, on peut y aller ensemble.

Je m'arrête sur le trottoir au niveau de l'épicerie.

Est-ce que je serai là demain ? Zac a le droit de savoir parce que, même s'il n'est pas dans ma vie depuis autant de temps que mes amis, il compte.

— Je sais pas, dis-je.

— T'as un truc de prévu ?

— Oui et non.

— Mon ange, les énigmes à plus de 22 heures, c'est pas mon truc.

— Je ne serai peut-être plus là.

— Quoi ?

Je reprends notre chemin. J'accélère le pas, même. Zac met plusieurs secondes à me suivre et me rattrape finalement.

— Stop, dit-il en me bloquant la route. Qu'est-ce que tu caches ?

Soudain, sous l'intensité de son regard, je ne suis plus très certaine du fait qu'il mérite de savoir. Après tout, il n'y a rien entre nous, rien qui mériterait d'être qualifié de relation amoureuse. Amicale, tout au plus, alors ce n'est pas nécessaire d'en dévoiler autant.

— Rien.

Zac s'approche d'un peu trop près, si bien que les pans de son blouson en cuir viennent chatouiller mon ventre.

— Je ne suis pas stupide. Tu cherches à me dire quelque chose mais, pour une raison que j'ignore, tu as peur.

— Je n'ai pas peur.

— Oh, si, mon ange !

Il rit devant ma mine contrariée.

— C'est moi qui t'effraie à ce point ?

Il a raison, c'est stupide. Pourquoi je redoute de le lui dire ? Peut-être parce que sa réaction pourrait me blesser plus que je l'imagine. Parce que, quoi que je dise ou veuille, il est dans ma vie, à une place spéciale, et tout ce que je peux me répéter pour penser le contraire n'a aucune importance parce que ce n'est pas la vérité.

— Je suis allée au paradis ce matin, j'amorce en guettant sa réaction.

La surprise se lit sur son visage. Normal, ce n'est pas tous les jours qu'on annonce un tel voyage.

— OK, et c'était comment ?

Je repense à ce que j'ai vu. Ce n'était pas vraiment l'idée que je me faisais de ce lieu céleste. Je crois que j'imaginais un grand jardin interminable, des anges en toge blanche qui chantonnent gaiement. Un truc qui ressemble à une histoire pour enfants, en quelque sorte. La vérité, c'est que je n'ai vu qu'une allée remplie d'immenses bâtiments et un tribunal.

— Intéressant, je réponds.

— C'est tout ce que tu as à dire sur le paradis ?

— Non, bien sûr que non, même si je n'ai pas vu grand-chose. C'est très blanc.

— Tu m'en diras tant !

Il rit et je fais la grimace.

— Je tente de te dire quelque chose d'important, je poursuis.

Je suis agacée autant par mon propre comportement que par le sien.

— Dans ce cas, arrête de tourner autour du pot et dis-le.

— Oui, justement, j'essaie, Zac, mais ce n'est pas simple.

— Pourquoi ?

— Ça aussi, ce n'est pas simple.

— Mon ange, ça devient n'importe quoi, alors balance ta nouvelle si terrifiante et laisse-moi juger par moi-même si elle l'est vraiment.

J'inspire en fixant son regard perdu dans l'expectative. Il est beau. Zac est canon. Il le sait, du reste, et ce n'est même pas agaçant. Tout est sexy chez lui : de ses yeux noirs profonds à ses cheveux en désordre, de son visage grave et bouleversant à son corps musclé. Il est conscient de tout ça, de tout ce qu'il renvoie et qui m'a séduite.

— Deva ? insiste-t-il.

— OK. Caliel est venu me chercher ce matin pour m'emmener au paradis, me montrer la salle du tribunal, où aura lieu mon procès, et m'expliquer comment cela va se passer. Comme tu le sais, j'ai été déchue, mais comme ma chute s'est terminée sur Terre, et pas en enfer, j'ai encore une part d'ange en moi. Caliel veut que je reprenne ma place au sein de l'armée céleste. C'est pour ça qu'il s'est adressé à nous pour retrouver l'épée, afin que je puisse avoir un argument choc qui me vaudrait l'approbation des juges. Maintenant, je dois patienter pendant qu'ils se préparent pour ce procès, mais c'est aussi à mon tour de prendre une décision, parce que je ne sais pas ce que je vais faire, si je vais partir ou rester. C'est compliqué, comme choix. Je n'ai aucune certitude que la décision du tribunal soit en ma faveur, mais si c'est le cas, ça veut dire rester là-haut. Je dois savoir maintenant si je veux me confronter à cette cour. J'ai envie de partir, d'apprendre qui je suis et de m'engager dans cette guerre. C'est comme si quelque chose en moi savait que je suis faite pour ça, que c'est mon destin. Et, d'un autre côté, je ne veux pas quitter ma vie ici. Mes combats sont aussi importants pour les humains, Morgane, Jeff, Jesse et… toi.

Je reprends à peine mon souffle, en espérant qu'il dise quelque chose, mais non, il ne parle pas. À la place, il saisit mon visage et ses lèvres viennent se poser sur les miennes. Il me faut quelques battements de cils pour comprendre qu'il est en train de m'embrasser et pour y répondre. Ma bouche s'entrouvre. Sa langue l'investit et je quitte la Terre pour une autre forme de paradis. Une terre de désir, de passion et de Zac. Son baiser est avide, et après tout ce temps à nous tourner autour, je n'en attendais pas moins. J'ai fantasmé sur cette première fois avec lui, sur ce que je ressentirais en goûtant enfin à ses lèvres. Ce n'était rien comparé à la réalité. Je suis totalement emportée par sa bouche, qui m'enflamme. Zac est ardent, il me fait vaciller. Ses mains glissent sur mes épaules, puis sur ma taille. Il me ramène un peu plus contre lui et nos corps se touchent enfin. Sa chaleur se propage dans tout mon être. Le désir me prend dans ses méandres et je lâche totalement prise. Je m'agrippe à ses épaules et réclame avec ma langue un baiser plus profond encore. Zac ne retient plus rien. J'ai l'impression que, lui comme moi, nous nous libérons de quelque chose. C'est tellement bon de l'avoir comme ça, de sentir ses caresses, son souffle exaltant et sa fougue. Je me retrouve plaquée contre le mur d'un immeuble. Ses paumes dévient sur mes cuisses. Il en saisit une, qu'il remonte, et s'aventure entre mes jambes. Je gémis en le sentant si bien là où je meurs d'envie de l'avoir. Zac ne cesse de tourmenter ma bouche tout en se frottant contre moi. Mes mains fourragent dans ses cheveux en essayant de le rapprocher encore plus. C'est frénétique. Cette effervescence m'habite, cette excitation grandit dans mon ventre, et je n'ai qu'une envie : que ça ne s'arrête jamais. Je le veux parce qu'il est en train de tout emporter – mon corps, mais pas seulement. Cet organe qui bat la chamade dans ma poitrine est en train de se joindre à la partie.

Zac mordille ma lèvre, ce qui me fait me serrer un peu plus contre lui. Puis il abandonne ma bouche, à bout de souffle, son front appuyé contre le mien, et je ferme les yeux au moment où il murmure ce mot qui m'arrive droit au cœur.

— Reste.

Je ne réponds pas, encore trop embrumée par le désir, par ce baiser dévastateur qu'il vient de me donner. Je dois admettre qu'il a de bons arguments, et si nous n'étions pas au milieu de la rue, probablement qu'il aurait dévoilé tout son talent pour me convaincre.

— Mon ange ?

J'ouvre les yeux. Son visage se décale un peu, assez pour que je croise la passion qui anime ses iris.

— Ne pars pas. Pas comme ça.

Je ne suis pas certaine de savoir ce qu'il veut dire par « pas comme ça ». Sans réfléchir ? Sans qu'on ait vécu quoi que ce soit, lui et moi ? Je ne sais pas, alors je me tais puisque, dans les deux cas, je n'ai pas de réponse. Ce baiser et ses mots auraient dû m'éclairer. Or, c'est tout le contraire. C'est encore plus le brouillard.

— Deva ?

Il me dévore des yeux. Il doit lire sur mon visage ce que je ne comprends pas moi-même. Il recule et me relâche. Le froid m'envahit soudain, un froid glacial.

— Un mec débarque, te raconte une belle histoire, et du jour au lendemain, tu comptes tout abandonner pour le suivre au paradis ?

Je ris en croisant les bras sur mon ventre. Il n'a rien compris.

— C'est mon frère, mais surtout c'est pour moi.

— C'est n'importe quoi, surtout. T'as une vie ici, une famille, une mission. Pourquoi aller chercher ailleurs ce que tu as déjà ?

Il s'énerve, passe les mains dans ses cheveux, et sa bouche, qui me rendait folle il y a quelques secondes, est devenue une ligne fine de colère.

— Je sais, c'est exactement le dilemme que j'essaie de résoudre.

Je m'approche. Je déteste la distance et la froideur qui s'installent entre nous alors qu'on vient de partager un moment torride. Zac demeure les mains croisées derrière sa tête, et je décèle dans son regard toute son incompréhension.

— Je tente de prendre la bonne décision et tu ne m'aides pas.

— Qu'est-ce que tu veux, au juste ? Que je te supplie ? Je viens de te demander de rester, Deva. Je ne peux rien faire de plus, et certainement pas faire un choix à ta place.

C'est clair, au moins, même si ça ne m'oriente en aucun cas.

Ses bras retombent le long de son corps. Il regarde autour de lui, l'air perdu. Est-ce qu'il tient assez à moi pour se sentir mal si jamais je décide de partir ? Zac est toujours un mystère pour moi. Encore une fois, on se rapproche pour créer un gouffre entre nous immédiatement après.

— Je vais rentrer, dit-il d'un ton acerbe. Informe-moi de ta décision quand tu l'auras prise.

Sur ces paroles, il m'adresse un dernier regard sombre, puis tourne les talons, me laissant seule sur ce bout de trottoir, perdue dans mon indécision. Une part de moi, grandissante, a envie de le rattraper ; une autre sait que c'est inutile. Dans ce combat entre mon cœur et ma raison, c'est cette dernière qui l'emporte en quelques secondes. Je n'ai pas le droit de l'inclure dans ce qui s'annonce comme un combat personnel. C'est tout simplement entre moi et moi-même que je dois faire un choix.

# Chapitre 25

Je suis réveillée par une main qui me secoue comme un prunier. Je la repousse en grognant, puis une voix accompagne les gestes.

— Deva, il faut te réveiller.

Caliel.

J'ouvre les yeux. L'ange a allumé ma lampe de chevet. Il est penché au-dessus de moi et m'observe comme une bête curieuse.

— Le tribunal est prêt.

Je jette un coup d'œil au réveil.

— Il est 3 heures du matin, Caliel. Vous ne dormez jamais au paradis ?

— Non, jamais.

Je soupire. Les anges sont décidément des créatures bien étranges.

Je me redresse et soupire de nouveau lourdement en l'observant.

— Il y a un problème ?

— Je ne suis pas sûre de vouloir tout ça : les anges, le paradis, une vie là-haut. Je… ne sais pas, Caliel.

— Tu n'as plus le temps de réfléchir, tu dois prendre une décision maintenant.

Il sait mettre la pression. Mon cœur bat plus fort. Je tente de faire le tri dans ma tête, d'évaluer à vitesse grand V ce que je n'ai pas su faire en deux jours, et c'est impossible. Il y a tant à prendre en considération, tant de critères qui entrent en jeu.

— Deva ? s'impatiente Caliel. Maintenant.

Je ferme les yeux et chasse toutes les informations qui se bousculent dans ma tête. Je fais taire les causes et les conséquences pour ne garder que ce que mon cœur a décidé. J'essaie d'endiguer le flot de questions, les « et si » qui m'ont fait trembler durant ma réflexion, pour ne conserver que l'essentiel. Qu'est-ce que je veux vraiment, au fond de moi ? Et ça marche. C'est ce que j'aurais dû faire depuis le début, laisser mon instinct m'imprégner et prendre la décision qui s'impose.

Lorsque mes paupières se relèvent sur Caliel, qui attend que je prononce un mot, je n'hésite plus. J'ai enfin la réponse.

— OK, allons-y.

J'allais me lever pour m'habiller, mais Caliel a mal interprété mes propos, puisque nous voilà dans le vortex qui conduit au paradis.

Je reprends pied dans une allée, la même que la dernière fois. Pieds nus, en pyjama et totalement décoiffée.

Caliel ne perd pas de temps, il m'entraîne devant la grande porte en bois sculpté.

— Attends, dis-je en me dégageant pour au moins me recoiffer.

Mais je n'ai pas d'élastique. Mince ! Je vais devoir me contenter d'aplatir les mèches rebelles.

En un clin d'œil, il change de tenue : il a son armure sur le dos et ses ailes ont fait leur apparition. Il ouvre la porte et me propulse à l'intérieur de la pièce que nous avons visitée il y a quelques jours.

Tout est semblable, sauf que, cette fois, il y a des anges dans l'assistance, et devant nous siègent les jurés ainsi qu'un juge, qu'on distingue par son costume d'apparat recouvert de dorures. Il présidera la séance. Je me retrouve au milieu de ce monde en pyjama.

C'est un cauchemar.

Caliel s'avance, face à eux, installés sur leurs trônes. Ils nous observent sans sourciller, en ayant presque l'air ennuyés d'être ici.

— Membres du jury, voici Myriel, comme vous me l'avez demandé, dit-il après avoir mis un genou à terre.

Je le rejoins. J'entends la foule murmurer autour de nous. Elle se tait dès que le juge lève la main.

— Bien, commençons.

Commencer quoi, au juste ? Mon procès ? Comme ça ? Sans plus de cérémonie ? Je n'aime pas du tout ce que je ressens, à être épiée par ces dizaines d'anges.

— La parole est à vous, Caliel.

Il se redresse avec son casque sous le bras. Son armure est rutilante. Ses ailes s'agitent un peu, comme si elles étaient pourvues d'une vie propre. Je tends la main pour les toucher, intriguée par la texture qu'elles peuvent avoir. L'assistance émet des hoquets de stupeur et Caliel se fige.

— Ne fais pas ça, dit-il tout bas.

Je reprends ma place et m'excuse timidement. Ça semble constituer un crime de vouloir toucher des ailes.

— Elle a retrouvé l'épée, elle a affronté les créatures et les démons envoyés par Lucifer pour ramener l'arme au paradis. C'est un acte de bravoure, un acte qui mérite d'être récompensé.

— C'est une traîtresse ! crie quelqu'un dans la salle.

— Elle a été déchue, Caliel. Elle a voulu devenir humaine, reprend l'un des jurés.

— Elle n'est pas déchue. Elle a atterri sur Terre et a conservé une part angélique. Toutes ces années, elle a œuvré pour le bien. Elle a fait en sorte que notre combat soit aussi victorieux sur Terre.

Caliel se tourne afin de s'adresser à l'ensemble des anges présents.

— Elle est des nôtres, elle mérite sa place dans notre armée.

Je crois que je suis trop perdue pour m'insurger, mais j'ai comme l'impression que ça ne va pas être facile de gagner ce procès, et peut-être que je me suis trituré l'esprit pour rien ces derniers jours et que je rejoindrai le monde humain.

— Elle a prouvé sa valeur par le passé en gagnant de nombreuses batailles. Elle a continué à la prouver sur Terre. Et à présent qu'une guerre d'ampleur se prépare, nous avons besoin de tous nos effectifs, et surtout des meilleurs.

Je m'approche de Caliel pour murmurer à son oreille.

— J'ai plus vraiment le maniement de l'épée comme atout.

— Pas maintenant, marmonne-t-il.

— Danael, tu as la parole.

Un ange aux longs cheveux blonds, aux yeux aussi bleus que ceux de Caliel et au corps athlétique s'avance d'un pas déterminé. Il m'observe avec hargne comme si j'étais un gnome agaçant.

Son visage émacié et sa haine palpable me sont comme familiers.

— C'est une traîtresse ! L'armée du Tout-Puissant ne peut pas faire d'exception et accorder une seconde chance à ceux qui la trahissent. Nous deviendrions faibles ! Les traîtres doivent aller en enfer !

La foule semble d'accord avec lui. Il n'y a que Caliel pour croire en moi. Étrangement, je suis blessée de cette vindicte angélique. Ils ont été ce qui doit s'apparenter à une famille et ils n'hésitent pas à me rejeter sans même comprendre. Ai-je vraiment envie de revenir auprès d'eux ?

— Quelqu'un d'autre souhaite prendre la parole ? demande le juge.

— Oui, moi.

Je me tourne pour observer une partie de la foule s'écarter et laisser s'avancer un ange à la peau ébène, aux cheveux blonds, revêtu d'une armure couleur or et aux ailes bien plus grandes que celles de Caliel. Ses yeux d'un bleu presque translucide captent les miens et j'en reste sans voix tellement il est magnifique. Haniel…

— C'est là que tu te trompes, mon cher Danael, lance sa voix grave et profonde, qui fait taire tout le monde. C'est ce qui fait notre force. Contrairement à notre ennemi, nous œuvrons pour le bien, pour protéger la création du Tout-Puissant, et comment la défendre si nous ne sommes pas capables de reconnaître la valeur d'une recrue à ses actes ?

Il tourne le dos aux membres du jury et sort de son fourreau une épée que je reconnais sans peine, puisqu'elle était dans mes mains il y a quelques jours. Il la brandit avant de faire demi-tour, face aux jurés, qui restent imperturbables, et s'agenouille en la plantant dans le marbre. Le revêtement se fend sous l'impact. La lame est entrée sur plusieurs centimètres. Le son a résonné dans toute la salle.

— Elle a retrouvé l'épée, elle nous a ramené de quoi vaincre Lucifer. Laissez-la réintégrer l'armée. Je la prendrai dans mon bataillon, elle sera sous ma responsabilité.

Les anges recommencent à murmurer autour de nous. Le juge fait régner le silence avant de déclarer :

—Je vais maintenant demander au jury de se réunir pour décider du verdict avant de me prononcer sur le jugement.

Les jurés se retirent, suivis par les anges, qui m'adressent des regards de dédain. Ils n'ont clairement pas envie de me voir ici. Je m'approche de Caliel, bien décidée à lui dire ma façon de penser, lorsque Haniel s'immisce entre nous.

Je fais face à une montagne de muscles recouverte d'or.

— Myriel, dit-il de cette voix particulière

J'en reste sans voix, encore plus en croisant son regard bleu, qui me fait frissonner.

— Je suis heureux de te revoir…

Il tend la main et touche mes cheveux, l'air intrigué par leur couleur, puis il relâche ma mèche, qui me retombe sur le visage. Ses iris s'ancrent dans les miens et j'ai l'impression de voir toute notre histoire défiler dans son regard. L'émotion me gagne. Je n'ai même pas besoin de preuves ou de souvenirs pour savoir que je l'ai aimé. Je le ressens encore, cet attachement.

— Merci pour l'épée et merci d'avoir accepté ce jugement.

— Oui… je bafouille stupidement.

Qu'est-ce que je suis censée répondre à un général ?

— Le verdict devrait arriver rapidement, poursuit Caliel.

Je me tourne dans sa direction. J'espère qu'il dit vrai parce que je sens le stress me gagner. J'ai pris une décision, mais finalement, elle ne dépend pas de moi. Elle dépend de ces anges dont je ne sais rien, et c'est très frustrant de ne pas pouvoir en faire plus. Je suis là à présent. J'ai tergiversé pour arriver ici et j'aimerais qu'on me confirme que j'ai fait le bon choix, que réintégrer les cohortes célestes est une bonne décision, que ce soit personnellement ou pour défendre le bien.

— Tout va bien ? me demande Caliel.

Je sens le regard d'Haniel sur moi. Il ne me met pas vraiment à l'aise, mais ce n'est pas le plus perturbant.

— Non, pas tellement.

— Qui y'a-t-il ?

— Je sais pas. À ton avis ?

Il vient à mes côtés, l'air ébranlé par mes propos, comme s'il ne voyait pas du tout ce qui clochait.

— Caliel, tu viens de me traîner devant un tribunal angélique en pyjama et j'ai l'impression que tout m'échappe.

— Je sais. J'aurais voulu t'accorder plus de temps pour que tu prennes une décision, mais comme je te l'ai expliqué, les événements se sont précipités. Danael a découvert l'épée, et avant qu'il se vante d'être celui qui l'a retrouvée, j'ai dû parler.

Ce Danael ne semble pas me porter dans son cœur, plus que les autres, apparemment. Une vraie haine émane de lui et je me demande bien pourquoi.

Nous patientons durant de longues minutes. Je n'ose interroger Haniel sur nous, sur ce qu'il s'est passé il y a cinq ans. À la place, je me remémore les souvenirs de Caliel et je triture mon anneau, ce qui n'échappe pas à l'œil de l'ange.

— Tu devrais le cacher, dit-il, mais je suis ravi de voir que tu l'as encore.

Je glisse l'anneau sous mon t-shirt et m'apprête à répondre qu'il ne représente plus vraiment ce qu'il a l'air de penser, lorsqu'une cloche résonne et annonce le retour du tribunal.

Les jurés, le juge, l'assistance, tout le monde est de retour dans la salle. Mon cœur palpitant aussi.

— Le tribunal va rendre son verdict en ce qui concerne l'ange déchue Myriel, déclare le juge.

Je retiens mon souffle, dans l'expectative quant à leur décision, qui pourrait changer mon existence à tout jamais. Je pense à Jeff, à Morgane, à Jesse et à Zac…

— Le tribunal considère que Myriel a rendu service à l'armée céleste, qu'en retrouvant l'épée de Michel, elle a permis à nos troupes de prendre un avantage certain sur notre ennemi.

Des murmures s'élèvent dans la salle. J'entends déjà les reproches arriver.

— Toutefois, le conseil n'oublie pas que Myriel a voulu nous trahir en devenant humaine.

Le juge ménage un silence qui me met mal à l'aise. Qu'est-ce que ça veut dire ? Nous sommes conscients de ton service, mais il n'annule rien ?

Ce suspense devient insoutenable. J'ai besoin de savoir, de me positionner, de connaître mon avenir et d'arrêter d'avoir peur d'avoir pris la mauvaise décision. Qu'est-ce que je ressentirai s'il m'exclut définitivement ?

D'être rejetée, certainement, et ça changera tout, encore. Je tourne la tête vers Caliel. Il remarque mon désarroi. J'attrape sa main, à défaut de pouvoir m'accrocher à mon anneau, et nous subissons ensemble la sentence.

— Le tribunal a donc décidé que Myriel pourra réintégrer l'armée céleste sous les ordres du général Haniel, mais qu'elle n'aura pas ses ailes.

— Quoi ? s'insurge Caliel avant de se reprendre.

— Le tribunal estime qu'elle doit montrer plus de dévouement pour redevenir une ange à part entière.

Le brouhaha dans la pièce devient une clameur. Beaucoup sont mécontents de mon retour – je dirais même la majorité. Ce qui laisse entrevoir de merveilleuses soirées en leur compagnie. Les jurés et le juge ont fait leur travail. Ils quittent la pièce. Je me tourne vers Caliel et remarque que je serre sa main un peu trop fort, ce qui ne le perturbe pas plus que ça.

— Bienvenue à la maison, petite sœur !

Sa joie me fait sourire. Pourtant, je ne suis pas certaine de la partager. Je vais me retrouver désarmée au milieu de ces anges qui, pour certains, ne m'aiment pas. Je vais devoir me battre avec moi-même pour retrouver ma mémoire, apprendre à être membre de cette armée et surveiller mes arrières comme jamais je n'ai eu à le faire jusqu'ici.

J'inspire un grand coup, ferme les yeux et me fais cette promesse, pour tous ceux que j'ai laissés sur Terre : celle de relever ce défi, pour que le sacrifice ne soit pas vain.

Découvrez la suite, bientôt chez Milady :

Tome 2 : *Scintillement*, à paraître en février 2022
Tome 3 : *Feu éternel*, à paraître en mai 2022

---

Retrouvez chez Milady une collection complète consacrée à la Bit Lit…

dont *Noirs Démons* de Suzanne Wright

Aubin
IMPRIMEUR

Achevé d'imprimer en octobre 2021
par Aubin Imprimeur à Ligugé
N° d'impression 2107.0188
Dépôt légal, novembre 2021
Imprimé en France
81122748-1